M. Fronwald
Mai 78

Zu diesem Buch

Feierabend in der Familie, Fernsehen, Bier und gute Nacht. Ein Auto fährt auf vereister Straße gegen einen Baum – was denken die Vorüberfahrenden, die ohne Hilfe zu leisten das Weite suchen? Worüber sprechen berufstätige Eltern, die erst am Abend heimkommen, mit ihren schulpflichtigen Kindern? Eine Reisegruppe wird durch ein ehemaliges Konzentrationslager geführt. Ein westdeutscher Tourist begegnet am Plattensee Urlaubern aus der DDR – wie reagieren diese Menschen aufeinander? Und «distanziert, ohne überflüssiges Beiwerk, zeichnet Max von der Grün das Sterben einer Bergarbeitergemeinde im Ruhrgebiet auf. Der Schriftsteller – selbst zwölf Jahre Kumpel unter Tage – berichtet von den Menschen in einem 10 000-Seelendorf, in dem einer den anderen kennt und jeder weiß, daß jeder weiß: von Geburt, Hochzeit, Tod, von Silikose und Invalidität, von Erwartungen und vergeblichem Hoffen nach vierzig Jahren Arbeit ohne Sonne» (Deutsche Presse-Agentur). In kleinen, aber bedeutungsreichen Ausschnitten zeigt Max von der Grün in seinen packend-wirklichkeitsgetreuen Erzählungen Ereignisse heutiger deutscher Realität, die ebenso alltäglich wie grotesk sind. «Da schreibt jemand ohne Koketterie, ohne Eitelkeit (auch literarische) über das, was er sieht, und sichtlich bemüht, das Gesehene, Erfahrene unverblümt, aber auch undramatisch mitzuteilen. Das ist – trotz oder gerade wegen aller persönlichen Perspektiven – ein Stück Zeitgeschichte: heldenlose Geschichte, es sei denn, man nimmt die ‹Namenlosen› endlich als ihre eigentlichen Helden, aber jedenfalls Geschichte – man wird an ihr nicht vorbeikommen: das bezeugen diese Erzählungen» («Frankfurter Allgemeine Zeitung»).

Max von der Grün, am 25. Mai 1926 in Bayreuth geboren, besuchte die Handelsschule und absolvierte bei den Rosenthal-Porzellanfabriken in Marktredwitz eine kaufmännische Lehre. Nach dem Krieg arbeitete er zunächst in der Bauwirtschaft. 1951 siedelte er dann nach Heeren bei Unna im Ruhrgebiet über, wo er als Schlepper und Hauer unter Tage tätig war. Nach einem schweren Unfall ließ er sich zum Grubenlokführer umschulen. Seit etwa 1953 beschäftigt sich Max von der Grün mit schriftstellerischen Arbeiten. Er schrieb zunächst Gedichte, Essays, Stories, befaßte sich mit Literaturkritik und stellte Anthologien zusammen. Der breiteren Öffentlichkeit wurde er erst durch seine Grubenromane «Männer in zweifacher Nacht» (1962) und vor allem «Irrlicht und Feuer» (1963; rororo Nr. 916) bekannt, der inzwischen in West und Ost verfilmt wurde und bei Unternehmern lebhaftes Aufsehen, zum Teil stürmische Proteste auslöste. Der Roman, in vierzehn Sprachen übersetzt, erzielte bisher eine Auflage von über drei Millionen Exemplaren. Max von der Grüns Initiative ist die Gründung der «Gruppe 61», einer Vereinigung westdeutscher Arbeiter-Schriftsteller, am Karfreitag 1961 zu verdanken. Die Arbeit unter Tage gab er 1963 wegen literarischer Verpflichtungen auf. Weitere Romane seither: «Zwei Briefe an Pospischiel» (1968) und «Stellenweise Glatteis» (1973).

Max von der Grün

Am Tresen gehn die Lichter aus

Erzählungen

Illustrationen
von Sascha Juritz

Rowohlt

Umschlagentwurf Werner Rebhuhn (Foto: Barbara Klemm)

1.–23. Tausend August 1974
24.–28. Tausend Dezember 1975
29.–33. Tausend Januar 1977

Ungekürzte Ausgabe
Veröffentlicht im Rowohlt Taschenbuch Verlag GmbH,
Reinbek bei Hamburg, August 1974

Satz Aldus (Linotron 505 C)
Gesamtherstellung Clausen & Bosse, Leck/Schleswig
Printed in Germany
380-ISBN 3 499 11742 8

Inhalt

Am Tresen gehn die Lichter aus 7

Das Stenogramm 41

Wenn der Abend kommt 47

Der Igel 57

Im Tal des Todes 65

Urlaub am Plattensee 69

Am Tresen gehn die Lichter aus

Der Wirt dreht am Tresen das letzte Sparlicht aus und sagt: Feierabend. Unsere Proteste nützen nichts, wir werden auf die Straße gesetzt. Einmal muß ja Schluß sein, sagt der Wirt, und er gibt uns einen freundlichen Klaps auf die Schulter.

Fritz Bamberger und ich wanken nach Hause, wir stützen uns gegenseitig, dennoch wanken wir ein wenig, als wir durch die leeren Straßen unserer Siedlung zusteuern; es ist zwei Uhr nachts. Irgend jemand wird noch hinter einem Vorhang stehen, uns beobachten und am nächsten Morgen der Nachbarschaft erzählen, wer so spät nach Hause kam – und wie.
In unserer Siedlung bleibt nichts verborgen.

Weiß du noch, lallte Fritz Bamberger unterwegs, als wir hier ankamen? Das waren noch Zeiten.
Er sagte es so, als wären es gute Zeiten gewesen.

Vor zwanzig Jahren, 1951, verschlug es uns in dieses Dorf. Fritz erlag der Werbung für den Ruhrbergbau in Schleswig-Holstein, ich erlag der Werbung für den goldenen Westen – wie das Ruhrgebiet Anfang der fünfziger Jahre scherzhaft genannt wurde – in Franken. Die Methoden waren überall gleich: Versprechungen, die selten oder überhaupt nicht eingelöst wurden.

Wir jungen Leute wurden in einem Ledigenheim untergebracht – in Baracken und Notunterkünften wie heute die ausländischen Arbeiter – vier Mann auf einer Stube. Dort lebten wir mehr oder minder einträchtig drei Jahre, bis wir eine Wohnung bezogen. Fritz ging in Miete, ich bewarb mich um ein Eigenheim. Wir zogen in die Häuser, für die damals bei unserer Ankunft schon der Boden ausgehoben wurde; Bulldozer räumten den Humus ab samt dem Weizen, der vierzehn Tage später schnittreif gewesen wäre.
Wir standen dabei, sahen zu und erregten uns maßlos darüber. Sind die verrückt? Einfach den Weizen abtragen? Fünf Jahre nach Kriegsende, drei Jahre nach dem härtesten Hungerwinter? Haben die schon vergessen, was Hunger ist, vergessen, was ein Weizenhalm für ein Reichtum war?
Wir waren furchtbar aufgebracht und sagten es wenig später dem

Bürgermeister, der uns im Ledigenheim besuchen kam, lauthals ins Gesicht: daß auf der Welt noch Hunger sei, daß es drüben noch Lebensmittel auf Marken gebe, daß selbst die Engländer, Sieger des letzten Krieges, nicht ohne Lebensmittelrationierung auskommen. Und was tut ihr hier? Eine Sünde. Kommt es denn auf die vierzehn Tage an?
Ihr grabt einfach den Weizen um, das ist ein Verbrechen!
Jawohl, sagte Fritz noch, dann drehte er dem Bürgermeister den Rücken zu mit einem unflätigen Wort, das der Bürgermeister aber gelassen hinnahm, denn auch er war dreißig Jahre unter Tage und von dieser Untertage-Sprache geprägt.
Nur keine Gefühlsduseleien. Das bißchen Weizen. Wohnungen sind jetzt wichtiger. Wenn ihr erst mal in den neuen Häusern wohnt, habt ihr den Weizen und die Lebensmittelkarten hinter der Elbe längst vergessen. Die Baufirma hat Termine, die kann nicht auf ungeschnittenen Weizen Rücksicht nehmen.

Wir denken nur noch an das goldgelbe, schnittreife Feld, wenn am Tresen die Lichter ausgehen und wir biervoll nach Hause wanken, in unsere Siedlung. Wir sprechen dann von den alten Zeiten, als wäre es ein Menschenalter her und nicht erst zwanzig Jahre.
Für eine Gemeinde im Ruhrgebiet sind zwanzig Jahre eine lange Zeit. In diesen Dörfern erlebt man den Wandel bewußter und hautnaher als in den großen Städten.

Als ich in dieses Dorf kam, stand die katholische Kirche inmitten von Feldern und Wiesen, heute ist sie Mittelpunkt weitläufiger Kasernensiedlungen; da stand die alte Gemeinschaftsschule abseits des Dorfes, heute ist sie umgeben von Sportanlagen und ansehnlichen Siedlungskomplexen.

Mein Dorf liegt zwischen Dortmund und Hamm, es hat die denkbar günstigste Verkehrslage, besitzt man ein eigenes Fahrzeug, denn Autobahn und Ruhrschnellweg liegen sozusagen vor der Haustüre, Bahnstation hat es nicht, nie gehabt.
Mein Dorf hat 10000 Einwohner, aber einer kennt den andern. Jeder ist jedermanns Nachbar. Man ist unterrichtet über Geburten, Hochzeiten, Tod – und kommt jemand mit einem dicken Rausch nach Hause, bleibt es nicht verborgen. Der Briefträger fragt am nächsten Morgen: Na, was macht der Kater? Hast du Hering im Haus?

In unserer Siedlung hört man die Flöhe husten und die Töpfe auf dem Herd klappern, der Geruch durch die meist offen stehenden Haustüren verrät, was mittags oder abends auf den Tisch kommt, und ruft eine Mutter auf der Straße nach ihrem Kind, rufen wenig später zehn oder zwanzig Mütter den Namen des Kindes, schließlich ist es nicht nur ein Kind dieser Frau, es ist auch ein Kind dieser Siedlung. Und das zählt.

Sechs Siedlungskomplexe sind seit dem letzten Krieg um den eigentlichen Dorfkern – eine lange, triste und unansehnliche Straße – und um die Zeche herum entstanden. Jede Siedlung sieht anders aus.
Von primitiv gebauten Häusern, immer noch ohne Badezimmer, bis hin zu fast villenartigen Bautypen entwickelte im Laufe der Jahre jede Siedlung ihr Eigenleben und hat jetzt ihren besonderen Charakter. Das mag äußerlich schon an den Gärten ablesbar sein, am Anstrich der Häuser, an der Sauberkeit der Straßen – denn hier fegt noch jeder zwei Mal die Woche vor seiner eigenen Tür – und daran, ob viele Frauen in Gruppen zusammenstehen und endlos palavern und ob sie aus den Fenstern sehen und sich über die Straße hinweg über andere Leute unterhalten. So unterschiedlich die Siedlungen sein mögen, eins haben sie gemeinsam: es kann in ihnen nichts verborgen bleiben – aber auch nichts verlorengehen.
Jeder weiß.
Und jeder weiß, daß jeder weiß.
Und noch etwas verbindet sie: in allen Siedlungen wohnten bis heute Bergleute, die Männer trafen sich auf der Zeche, sie kannten sich, auch wenn sie weit auseinander wohnten, entweder durch die Arbeit unter Tage oder aber, wenn sie nackt in der Kaue standen.
Nacktheit verbindet, macht vertraulich, bringt Zutrauen. Das wird anders, und es ist zum Teil schon anders geworden. Die Pastoren beider Konfessionen genießen Ansehen, nicht weil sie etwa gute Predigten halten – wer von den Arbeitern geht schon in die Kirche, sie brauchen nicht, wie etwa Handwerker, auf Reputation zu achten – nein, sie spielen mit den Kumpels Skat in den Kneipen, sie schreien auf dem Fußballplatz genauso wie mein fanatischer Fußballfreund Fritz Bamberger, der mir nach jedem verlorenen Spiel seiner Mannschaft die Freundschaft aufkündigt; unsere Pastoren stehen am Tresen und reden über Politik, über die Möglichkeit zur Ansiedlung neuer Industrien, um das Monopol der Zeche und der Kohle zu brechen, über Vor- und Nachteile eines kommunalen Zusammen-

schlusses mit einer anderen Gemeinde, der Eingliederung etwa in die Stadt Kamen oder in die Stadt Unna.
Die Pastoren stehen am Tresen und diskutieren, sie werden von den Arbeitern ernst genommen, ernster als mancher Berufspolitiker, denn die Sorgen der Kirche sind plötzlich die Sorgen der Kumpels, die Sorgen der Arbeiter wurden über Nacht die Sorgen der Kirche. Die Pastoren versuchen, auf die Kommunalpolitik Einfluß zu nehmen, der evangelische Pastor ist Mitglied der SPD, vom katholischen weiß man, daß er die CDU wählt, sie streiten heftig, vergessen die individuelle Nächstenliebe aus Sorge um ihre Gemeinde; manchmal reden sie, bis am Tresen die Lichter ausgehen.

Wenn die Arbeiter schon nicht in die Kirche kommen, sagte mir der evangelische Pastor, müssen wir Pfarrer in die Kneipe gehen. Und das ist gut so. Unsere Pastoren halten das Leben am Tresen für das demokratischste überhaupt, da gibt es keine Tabus, auch die Kirche läßt da Federn.

Die jungen Männer, die nicht durch die Arbeit auf der Zeche an die Wohnung gebunden waren, wie ihre Väter es heute noch weitgehend sind, haben schon vor Jahren, bei Ausbruch der Kohlenkrise, die Zeche verlassen, obwohl die Zechenverwaltungen hohe Summen für ihre Ausbildung ausgaben. Das ist denen ihr Risiko, sagen die jungen Leute. Die jungen Leute kehrten sich ohne Groll von der Zeche ab, denn ihnen war, im Gegensatz zu ihren Vätern und Großvätern, die Zeche niemals Heimat, nur notwendiges Übel, ein Platz, an dem man ganz gut Geld verdienen konnte und weil es eben so Brauch war, daß man den Beruf des Vaters fortführte. Und einige sagten, Tradition ist nur ein Mittel, Menschen in Unfreiheit zu halten. Aber dann wollten sie nicht mehr ohne Sonne leben, nicht mehr zusehen, wie andere abends, wenn sie nach unter Tage fahren mußten, mit ihren Mädchen spazieren gingen; sie wechselten in einen Betrieb, wo es ihnen schon genügte, wenn man sie mit ihren Namen anspricht und nicht mehr als Nummer sowieso. Für die Jungen war das einen Arbeitsplatzwechsel wert. Auf der Zeche, das wußten sie von ihren Vätern, kann man nur Geld verdienen, arbeiten, alt werden und zum alten Eisen geworfen werden. Sonst nichts. Der Lohn für vierzig Jahre Arbeit unter Tage wird sein: eine halbwegs gute Rente, Staub in den Lungen und Angst vor jedem Witterungswechsel. Sonst nichts. Sie fahren jetzt in die Nachbarstädte im eigenen Auto, nach Unna, Hamm oder

Dortmund, viele zu Opel nach Bochum, und nicht wenige haben bei Bayer Leverkusen Arbeit gefunden. Sie kommen am Freitagabend zu ihren Familien in ihre Siedlungen zurück und fahren am Montagmorgen, wenn die Kinder noch schlafen, nach Leverkusen wieder zur Arbeit. Sie stehen am Samstag am Tresen in der Kneipe und erzählen denen, die noch auf der Zeche bis zum bitteren Ende ausharren oder aushalten müssen, weil die betriebsgebundene Wohnung wie ein Mühlstein an ihrem Hals hängt, wie gut sie es haben, und bedauern, daß sie nicht schon früher den Sprung wagten.

Wunsch und Wirklichkeit fließen ineinander bei ihren Erzählungen am Tresen, sie können selbst nicht mehr unterscheiden, was in ihren Schilderungen wahr, was erfunden ist. Aber die auf der Zeche verbliebenen hören interessiert und manchmal andächtig zu, als würde ihnen da von einem gelobten Land erzählt, das für sie verschlossen bleibt, verschlossen bleibt, nur weil sie einer anderen Generation angehören. Plötzlich fühlen sich die Daheimgebliebenen, der Zeche treubleibenden als Menschen zweiter Klasse, sie verfluchen plötzlich die Zeche, sie schimpfen auf ihre Arbeit, auf den Staub, auf den Dreck, den Schweiß, und sie schämen sich ihrer Nacktheit, und Fritz Bamberger schreit dann: Was wollt ihr Heinis eigentlich, ausgebeutet werdet ihr überall, ob auf Zeche oder bei Bayer in Leverkusen, ihr Idioten, ihr seid doch nicht freier, nur weil ihr nicht mehr nach unter Tage müßt, ihr macht euch doch was vor – er schreit es, bis am Tresen die Lichter ausgehen. Oder aber Fritz Bamberger versucht dann der Faszination dieser modernen Märchenerzähler dadurch zu entgehen, daß er abrupt aufsteht und sagt: Erzählt doch nicht solchen Mist, gearbeitet wird überall, es wird überall nur mit Wasser gekocht, wollte sagen mit Schweiß und Angst, überall ist man nur Schütze Arsch im dritten Glied. Dann geht er. Böse auf mich, weil ich bleibe. Aber die Kumpels wissen in solch einer durchzechten Nacht, was sie all die Jahre bedrückte, was sie aber nicht zu artikulieren vermochten: Im Dorf ist jedermann wer, der nicht auf der Zeche arbeitet. Sie wußten es immer, aber sie konnten es sich nicht eingestehen, denn sonst hätten sie sich selbst verachten müssen, und wer sich selbst verachtet, der kann nicht arbeiten in einer Welt, in der jede Sekunde Unfall oder Tod neben einem stehen. Am anderen Morgen trösten sie sich: bald stirbt die Zeche. Sie stirbt nicht plötzlich – der Schacht wurde auch nicht in einer Nacht geteuft – nein, sie stirbt langsam und für den Nichtbetroffenen kaum sichtbar. Es wird immer stiller. Heute

gehen drei von der Zeche, gestern waren es vier, morgen werden es elf sein, langsam aber stetig schrumpft die Zahl der Beschäftigten. Auch die Lösung, die man glaubte gefunden zu haben, die Abwanderung deutscher Arbeitskräfte mit Türken und Spaniern aufzufangen, bleibt nur eine Lösung auf Zeit. Die Zeche stirbt, man weiß zwar nicht, wann sie endgültig ihr Leben aushaucht, in einem Jahr, in zwei, in fünf? Aber was tut's, sagen sie, uns soll es nicht kümmern, kommt Zeit, kommt Rat. Die Zeche hat unsere Gesundheit bekommen, die Zeche hat uns zeitweise gut entlohnt, aber sie kann niemals das einlösen, was wir ihr bezahlt haben, Väter, Großväter, Urgroßväter. Sie arbeiteten damals für trockene Kartoffeln, wir, die Söhne, können uns ein Auto leisten. Was hat sich geändert? Nichts.
Sie wandern ab, sie laufen auseinander wie ein Haufen aufgescheuchter Hühner, die einen Fuchs kommen ahnen.

Für die jungen Leute ist der Anfahrtweg, etwa nach Hamm oder Dortmund, zur neuen Arbeitsstelle – im Gegensatz zu früher, wo die Zeche vor der Haustüre lag und man die Räder hatte surren hören – keine sonderliche Strapaze, eher eine sportliche Betätigung, im Winter nimmt man es eher als Abenteuer. Sie machen sich immer noch was vor, denn sie leben noch im Rausch der Veränderung und finanzieller Verbesserung, denn nicht selten schließen sie am Tresen Wetten ab, wer am andern Morgen zuerst im Betrieb die Stechkarte in die Uhr schiebt. Aber die jungen Leute haben es leichter als ihre Väter; viele leben, wenn auch verheiratet, bei ihren Eltern. Die Väter bezahlen für die relative Freiheit ihrer Söhne und Töchter damit, daß sie auf der Zeche bleiben, bis zum Ende, damit die Wohnung gesichert bleibt. Nun laufen etappenweise die gebundenen Fristen ab, innerhalb derer sie das Anrecht auf ein Eigenheim verloren hätten, wären sie vorzeitig von der Zeche gegangen. Nun verlassen auch viele Väter die Zeche – sofern sie nicht Staub in den Lungen haben und im anderen Betrieb ein Fünfundvierzigjähriger noch nicht zum alten Eisen gehört – kaufen sich ein Moped oder einen gebrauchten VW, um in die Nachbarstädte zu kommen, in einen neuen Betrieb, in dem man Gefahr läuft, immer ein Fremder zu bleiben. Viele aber sind zu alt geworden für eine neue Arbeit, zu unbeweglich für einen Wechsel, sie haben nur Kopf und Hände für eine Arbeit unter Tage; wieder andere haben Staub in den Lungen, kein Betrieb will sie haben. Staublunge ist nicht gefragt.
Der Dank unserer Industrie ist uns gewiß, sagen sie bitter. Sie

müssen bleiben, abwarten, was mit ihnen geschieht, bis nicht nur am Tresen die Lichter ausgehen, sondern auch unter Tage die Neonröhren verlöschen.

Wir sind zu lebenslänglich verurteilt, eine Amnestie haben wir nicht zu erwarten.

Erst hatte meine Gemeinde einen Bürgermeister, alter Sozialdemokrat, der ausgesprochen bildungsfeindlich war, er konnte weder Lehrer leiden noch das, was mit der Schule zusammenhing, aber mit seiner Initiative entstanden Schulen, die zu den modernsten des Landes gehören, ein Schwimmbad und vorbildliche Sportstätten.

Er konnte Flüchtlinge nicht ausstehen, aber er sorgte persönlich dafür, daß sie vor allen anderen eine Wohnung bekamen.

Als ich, mit dreihundert anderen, in den ersten Jahren in einem Ledigenheim wohnte, setzte er sich dafür ein, daß den Verheirateten schnellstens eine Wohnung zugewiesen wurde. Das ist doch kein Leben, sagte er manchmal, die Frau irgendwo und der Mann hier unter einer Horde. Das geht nicht. Den Ledigen redete er zu, ein Mädchen aus dem Dorf zu nehmen, dann würden auch sie innerhalb eines Jahres eine Wohnung haben. Dafür sorge ich schon, ich, der Bürgermeister.

Als er starb, verehrt und gehaßt, rückte ein neuer Sozialdemokrat nach; ein Zecheninvalide wurde Bürgermeister. Bei einer Parteiversammlung rebellierten die Jungen – neue Kandidaten wurden aufgestellt und auch gewählt. Wer in unserem Dorf erst einmal als Kandidat für die Kommunalwahl aufgestellt ist, der wird auch gewählt – sofern er Sozialdemokrat ist. Nun sind Lehrer im Gemeindeparlament – im Volksmund Lehrerparlament genannt – und für viele stellt sich die Frage, ob künftig auch so viel für die Gemeinde getan wird wie unter dem lehrerfeindlichen Bürgermeister, der noch an Klassenkampf glaubte und der Ansicht war, Intellektuelle hätten bei den Sozis nichts zu suchen. Der verstorbene Bürgermeister glaubte noch an schwarz und rot und nicht an eine formierte Gesellschaft, die er mit uniformiert gleichsetzte.

Kurz vor seinem Tod stand ich einmal mit ihm am Tresen, wir unterhielten uns, bis am Tresen die Lichter ausgingen. Er sagte damals: Laß mal andere rankommen, wirst sehen, was die aus der Gemeinde machen – kaputt machen sie die, weil sie nie böse Zeiten erlebt haben wie ich. Nur wer die Not nicht kennengelernt hat, der träumt von der Revolution.

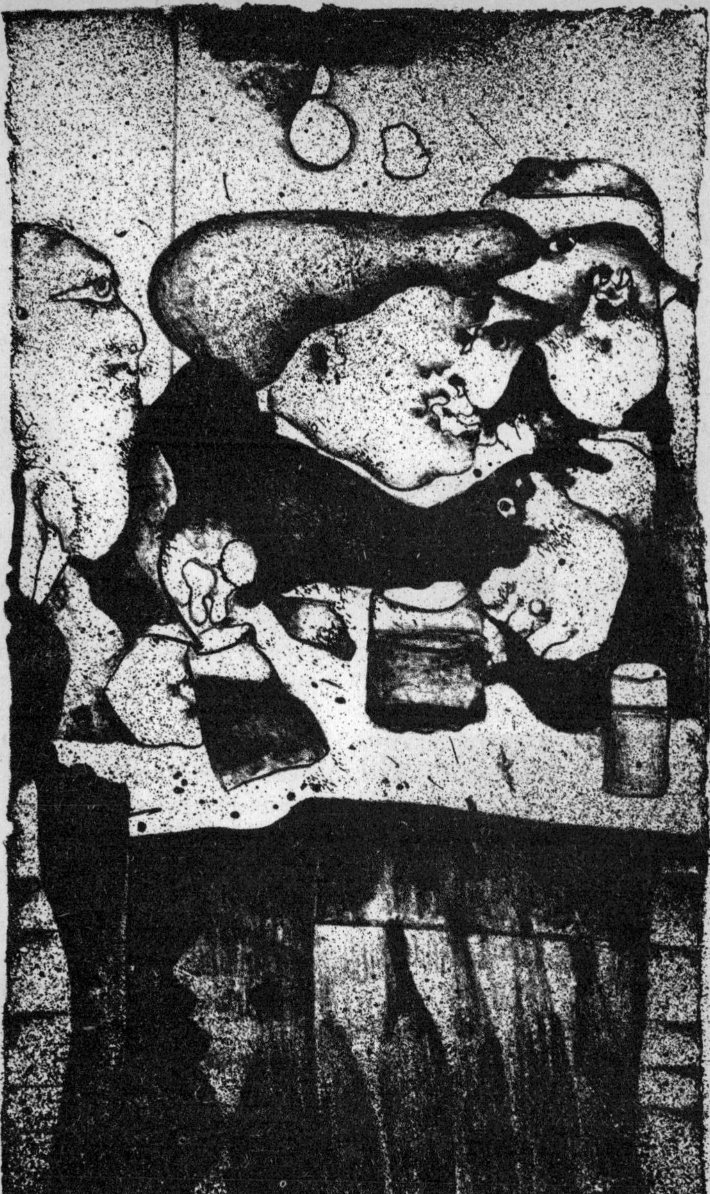

Der neue Bürgermeister und das neue Gemeindeparlament machen alle Anstrengung, Industrie anzusiedeln, damit die Abwanderung aufhört. Zwei frühere Wirtshaussäle wurden an Firmen verpachtet, die Kleinelektroartikel herstellen. Aber es sind ausschließlich Frauen beschäftigt. Der Bürgermeister gibt zu, daß dies nur ein Tropfen auf den heißen Stein ist, sein kann, ein lächerlicher Anfang – aber immerhin ein Anfang. Die Sorgen der Gemeinde wachsen in dem Maße, wie das Sterben der Zeche fühlbarer wird. All die Jahre war die Zeche eine fette Kuh, die man melken konnte, wann immer man wollte. Nun ist sie alt geworden und magert ab. Die Jungen singen: Sie gibt keine Milch mehr ... das Euter ist leer ...
Tausend Mann fahren täglich noch in die Grube, früher waren es dreitausend. Dreihundert der heutigen Belegschaft sind Ausländer, und die siebenhundert deutschen Arbeiter werden, wenn die Zeche endgültig schließt, ein Alter erreicht haben, in dem sie vorzeitig ihre Rente beantragen dürfen. Die Arbeiter werden älter, das Steueraufkommen der Gemeinde sinkt.

Neulich stand ich mit dem Bürgermeister, mit dem ich einige Jahre unter Tage zusammengearbeitet habe, am Tresen, bis die Lichter ausgingen, und draußen auf der Treppe sagte er mir: Hoffentlich gehen in der Gemeinde die Lichter nicht aus. Ich sehe schwarz, auch wenn keine Stromsperre ist.
Wird schon werden, antwortete ich. Mein Freund Fritz Bamberger schrie: Quatsch! Die Gemeinde soll jetzt die Suppe auslöffeln! Aber Fritz vergaß dabei, daß wir in den vergangenen Jahren alle mitgeholfen hatten, die Suppe einzubrocken, wir, die Arbeiter auf der Zeche hatten uns all die Jahre dagegen gewehrt, daß neue Betriebe in die Gemeinde kamen, wir wußten nicht, warum, wahrscheinlich war uns eingeredet worden, daß dies dann unser Schaden sei. Die Suppe hatte uns all die Jahre gut geschmeckt. Jetzt schmeckt sie bitter. Aber sie hat immer bitter geschmeckt, nur, wir hatten keine Zeit, ihren Geschmack zu prüfen, wir waren froh, daß wir überhaupt Suppe hatten.

Unser Dorf hat zwei Wahrzeichen. Es ist der sechzig Meter hohe Förderturm, der alles überragt und der, steht man auf dem Haarstrang, ein dem Sauerland vorgelagerter Bergrücken südlich von Unna, aus der Ebene strebt wie eine zum Abschuß bereite Rakete.
Das andere Wahrzeichen sind die Invaliden. Unsere Invaliden werden sie im Dorf genannt. In dem «unsere» kommt eine Liebe zum Aus-

druck, die nur der versteht, der weiß, was vierzig oder fünfzig Jahre Arbeit unter Tage für jeden einzelnen bedeutet haben.
Ja, die Invaliden.

Der Himmel ist grau, die Sicht verschlechtert sich im Zusehen. Nebelschwaden jagen wie feine Gespinste vom freien Feld in die Straßen der Siedlung und lösen sich im Handumdrehen auf.
Wieder ist die Sicht geringer geworden.
Der Nebel wird sich ein paar Tage halten, sagt Heinrich.
Jaja, sagen die andern, jaja. Sonst nichts.
Zehn Männer stehen, leicht vorgebeugt, auf dem Bürgersteig vor der Kneipe «Zum Igel», hustend, krächzend, röchelnd. Von weitem wirkt die Gruppe wie ein Denkmal, kommt man ihr näher, dann beginnen die Hunde der Invaliden zu kläffen. Jeder der zehn trägt einen Lodenmantel, grün, an den Stößen mehr oder minder abgegriffen, abgewetzt, nicht selten knöchellang. Unsere Invaliden, sagt man im Dorf, oder man bedenkt sie mit allerlei Namen: Silikosegardisten, Huste- oder Mummelmänner. Nein, die Leute meinen das nicht böse, eine schwer zu deutende Zuneigung schwingt in ihren Worten mit, denn jeder weiß, was der einzelne im Verlauf der Jahre und Jahrzehnte geleistet hat. Unsere Invaliden – jeder von ihnen hat in seinem Leben so viel Kohlen gefördert, daß ein ganzer Stadtteil sie nicht in einem Menschenalter verheizen könnte. Überall, nicht nur in meinem Dorf, kann man diese Männer antreffen, von Hamm bis Duisburg, von Recklinghausen bis Witten. Sie sind immer in Gruppen, und nur selten trifft man sie in den Innenstädten. Die Invaliden treffen sich in ihren Siedlungen, da sind sie zu Hause, da kennen sie die Menschen, und die Menschen kennen sie, die Kinder kennen ihre Hunde und die Hunde die Kinder, sie treffen sich zu bestimmten Zeiten, einmal am Vormittag, einmal am Nachmittag, entweder am Kriegerdenkmal oder vor der Kirche, und dann gehen sie gemeinsam spazieren. Sie gehen durch die Vororte der großen Städte und durch ihre Siedlungen und, wenn es das Wetter erlaubt, auf das freie Feld, sie schlurfen langsam dahin, gebeugt, als kröchen sie noch durch die niedrigen Stollen unter Tage.
Vierzig Jahre Arbeit ohne Sonne – sie sind gezeichnet. Rund 30000 Silikosefälle sind seit dem letzten Kriege registriert worden, was heißt, daß jeder zehnte Bergmann von dieser furchtbaren Berufs-

krankheit betroffen worden ist – trotz anerkennenswerter Bemühungen, diese Krankheit einzudämmen, so zum Beispiel durch das Schmidt'sche Absaug-Gerät vor Ort, das es ermöglicht, den Staub bis zu achtzig Prozent zu binden, indem es ihn, mit Wasser durchsetzt, in Kübel einfängt. Oder auch in letzter Zeit die Preßlufthämmer, die, in Betrieb gesetzt, Wasser sprühen und so den Staub niederdrücken, verhindern, daß er aufgewirbelt und eingeatmet wird.
Trotzdem gelang es nicht, den Staub völlig zu binden, er ist unter Tage allgegenwärtig, man kann ihm nicht ausweichen, es sei denn, man weicht der Arbeit aus. Berufsunkundige glauben, Staublunge habe etwas mit Kohle zu tun. Aber das stimmt nicht, der Staub gebrochener Steine führt diese Krankheit herbei; Kohle wird wieder ausgespuckt. Kohlestaub setzt sich nicht fest, und es gibt genug Bergleute, die behaupten, Kohlestaub sei gesund, er reinige die Lungen – eine Legende des Selbstbetrugs wie so vieles in diesem Beruf der frommen Täuschungen zu dem Zwecke, nicht nachdenken zu müssen. Es gibt nun mal Berufe, die man niemals ausüben würde, finge man an, über sie nachzudenken.
Zu diesen Täuschungen gehört auch der Steinhäger, der Korn, den sie vor einem Glas Bier hinunterkippen. Korn brennt den Staub aus den Lungen, sagen sie, und als ich einmal ungehalten einwarf, der gehe doch in den Magen und nicht in die Lungen, sahen sie mich an, lange und stumm.
Endlich sagte Heinrich Pankauke: Halt die Klappe, das verstehst du nicht.
Damit war der Fall ein für allemal erledigt.

Die Invaliden gehen morgens und nachmittags ihren stets gleichbleibenden Weg, die Uhren könnte man nach ihnen stellen. Sie tapsen durch die Vorstadt gleichbleibenden Zielen zu, entweder zur Autobahnbrücke, auf der sie dann nicht selten zwei Stunden stehen und auf den Verkehr hinunterstarren und vielleicht von der großen weiten Welt träumen, die sie nie gesehen haben, oder sie werden sich aufregen über einen rücksichtslosen Fahrer, oder sie wandern hinaus auf die Felder, die an die Vorstädte stoßen, als sei das Ruhrgebiet ein Bauernland. Sie betrachten dann Kampmanns Kühe oder Sellmanns Weizen, oder sie sehen dem Bauern Wittbräuke zu, der schon pflügt, wenn andere noch einfahren, oder sie streiten über die gelben Wolken über den Hoesch Werken, deren Einfärbung heute anders zu sein scheint als gestern, woraus das Wetter für morgen oder übermorgen

abgelesen werden kann. Oder sie starren mit fast hypnotischer Ausdauer auf die Räder eines nahen Förderturmes und weissagen aus dem Surren der Räder, was sich momentan unter Tage tut.
Sie stehen und starren, stützen sich auf Krückstöcke und geben sparsame Kommentare.
Ist früh dran, der Wittbräuke, sagt Heinrich.
Sehr früh, sagt Emil und hustet.
Warum der so früh dran ist? sagt Fritz. Und keiner beantwortet seine Frage, die keine war.

Dann gehen sie weiter, umkreist von ihren Hunden, und von weitem sieht es so aus, als bewachten die Hunde die Gruppe Männer, die alle den gleichen Mantel tragen, keiner weiß warum.
Der grüne Lodenmantel wurde zum Markenzeichen dieser Menschen, die, betrachtet man sie von außen, doch eigentlich mit dem Leben, mit dem wirklichen Leben, so wie wir es verstehen, nichts mehr zu tun haben. Sie leben in der Vergangenheit, sie sind Fremdkörper einer Gesellschaft geworden, mit der sie nichts mehr anzufangen wissen, weil sie nicht mehr in der Lage sind, Schritt zu halten. Und könnten sie es auch, sie wollen nicht, denn ihnen läuft diese Gesellschaft, deren Entwicklung sie mitbestimmten, weg.
Heinrich Pankauke sagte mir einmal: Weißt du, wenn du bezahlt bekommst für nichts tun, dann weißt du erst, wie überflüssig du bist.
Sie haben resigniert und leben weiter.
Wenn ein Invalide stirbt, rollen die Angehörigen seinen Lodenmantel zusammen und geben ihn mit in den Sarg. Keiner weiß warum, es ist halt so, es war immer so, was würden die Nachbarn sagen oder seine Kollegen. Man soll Gewohnheiten beibehalten, auch wenn sie nicht erklärbar sind.
Vielleicht ist es die Krankheit, die Angst vor dieser Krankheit, die im grünen Lodenmantel jedermann sichtbar wird, und wenn wir diesen Mantel begraben, verbannen wir diese Krankheit ein für allemal. Vielleicht. Ich weiß es nicht, alle, die ich daraufhin ansprach, schwiegen nach dem alten Aberglauben, wenn man ein Unheil mit Namen nennt, dann ruft man es herbei. Vierzig Jahre lang trommelte sie morgens um halb fünf der Wecker aus Schlaf und Wünschen, in Hitze und Hetze und Staub unter Tage – nun haben sie Zeit, nun ist für sie, falls sie überhaupt noch in Haus und Garten Hand anlegen können, keine Arbeit so wichtig, als daß sie sich nicht auch morgen tun ließe.

Wenn der Nebel kommt, wird man die Invaliden vergeblich suchen. In ländlichen Gegenden des Ruhrgebietes ist ihr Verhalten für die Bauern zuverlässiger als der Wetterbericht aus dem Radio. Sehen die Bauern keinen Invaliden die Wege zwischen den Feldern dahintapsen, dann wissen sie, in spätestens zwei Tagen wird der Nebel das Land bedecken.
Heinrich Pankauke sagt dann, treffe ich ihn auf der Straße und fange an, über Fußball zu reden, was er am liebsten hat: Er kommt. Vom Westen kommt er. Bald. Ich spür's.
Vom Westen ist besonders schlimm. Dann liegt Heinrich Pankauke zu Hause auf der Couch oder im Bett, japst nach Luft und versucht, dem Betonklotz, der ihm Hals und Brust verengt, mittels einer Sauerstoffpumpe zu entkommen.
Alle zehn Minuten führt er den Schlauch der Pumpe in den Mund und pumpt und schluckt und pumpt und schluckt. Für wenige Minuten wird ihm leichter, aber wenn der Nebel kommt, läßt sich der Betonklotz aus seinen Lungen nicht vertreiben, er wird immer schwerer, je länger der Nebel anhält, er erstickt sogar den Husten. Zurück bleibt eine Kreatur, für die sogar die moderne Medizin keine Hilfe hat, sie kann ihr höchstens das Sterben erleichtern – sonst nichts. Und das ist für diese Männer schon viel.
Viele der Invaliden überleben den Nebel nicht. Einer, der seinen Vater sterben sah, sagte mir einmal: Wenn man das so sieht . . . wenn man das so sieht . . .
Mehr sagte er nicht.
Die Angehörigen stehen dann im Zimmer und warten, sie sehen aus dem Fenster, wo der Nebel an den Scheiben zu Grieß gerinnt. Wenn der Nebel hereinbricht, und der Nebel ist hier gefährlicher als anderswo, weil er Staub und die Abgase der großen Hüttenwerke mit zwischen die Häuserzeilen nimmt, Smog sagt man heute auch dazu, dann zittern Tausende von Männern in ihren Betten, und viele murmeln dabei vor sich hin, als meditieren sie Gebete.

Wer in den Kreis der Spaziergänger aufgenommen wird, und es gelingt selten jemandem, denn die Invaliden kapseln sich ab, sie wollen allein sein, unter sich, der wird vielleicht mit Erschrecken feststellen, daß sich ihre Gespräche nie um das Morgen bewegen, selten um das Heute, immer aber um das, was gestern war, was gestern hätte sein können, warum es nicht so geworden ist, warum es so ist. Ihre Zukunft ist Vergangenheit. Heinrich, weißt du noch?

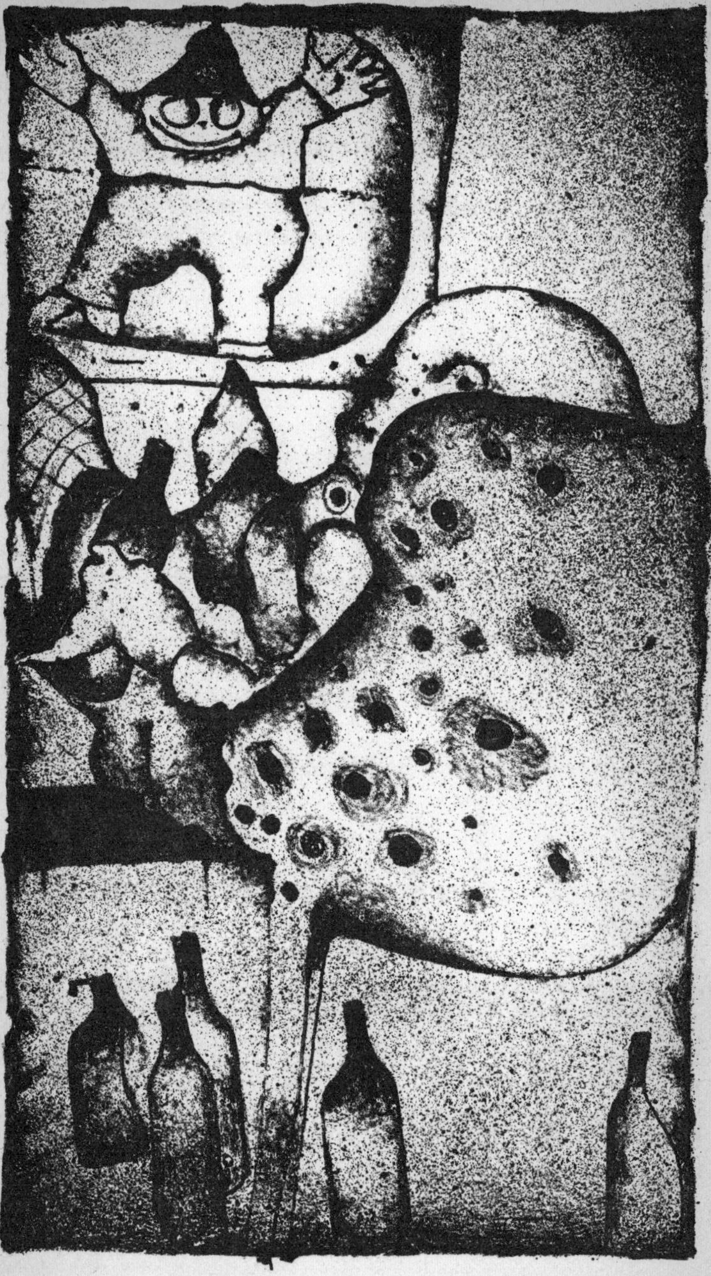

So fängt mancher Satz an, und obwohl Heinrich nicht weiß, wovon Emil sprechen will, sagt er: Und ob, genau weiß ich das, ganz genau. Aber du warst doch damals gar nicht dabei, wirft ein anderer dazwischen. Sie sehen Heinrich an.
Was? War nicht dabei? Sicher war ich dabei, da hat doch der, wie heißt er doch noch mal, na der, ihr wißt schon, der . . . Dann streiten sie vielleicht eine Stunde darüber, ob der andere dabeiwar; dabei ist völlig überflüssig und unwichtig, bei welcher Gelegenheit. Sie haben plötzlich wieder ihr Gestern, sie fühlen sich wohl, sie wühlen in der Vergangenheit und sezieren sie mit einer Intensität, die manchmal etwas Grausames an sich hat für den, der diese ihre Vergangenheit nicht bewußt miterlebte, nämlich die Arbeit unter Tage, dreißig Jahre, vierzig Jahre, fünfzig Jahre, die Schwere der Arbeit mit allen politischen Begleitumständen, Aussperrung, Streik, Kurzarbeit, Überstunden, Sonntagsarbeit, zwölf Stunden Arbeit unter Hitler in der Kriegszeit, und was es da alles so gibt, und was es da alles so gibt . . .
Sie hassen Hitler und seine Zeit nicht etwa wegen Auschwitz oder Dachau, das habe ich erfahren müssen, oder der Millionen Toten, sie hassen ihn, weil er sie zwang, zwölf Stunden am Tag und länger zu arbeiten, sie auch den Sonntag zum Alltag machen mußten, sie hassen ihn, weil Aufsichtspersonen ihnen die kalten Pellkartoffeln mit einem Stock aus der Hand schlugen, die sie hungrigen russischen Kriegsgefangenen mit nach unter Tage brachten. Sie verstehen diese Unmenschlichkeit nicht – Zahlen übersteigen ihr Vorstellungsvermögen, denn drei Tote unter Tage bei einem Strebbruch sind schon viel. Viel zu viel.

Von weitem hat die Gruppe der Invaliden auf ihren Spaziergängen etwas von Würde. Manchmal stelle ich mir die Frage, warum zum Beispiel Künstler so mit Würde alt werden können, Arbeiter nicht. Das liegt wohl daran, daß der Künstler seinen Arbeitsrhythmus weitgehend selbst suchen und bestimmen kann, für ihn gibt es kein Ende der Arbeit wie bei dem Arbeiter, der vierzig Jahre in stoischer Gleichmäßigkeit seine Arbeit tat und nicht fragte, wofür und wozu und zu wessen Nutzen, schließlich hatte er fünf hungrige Mäuler zu stopfen und am Sonntag wollte man selbst auch mal eine Flasche Bier. Für den Arbeiter hört plötzlich alles auf, ein Schnitt, kein Übergang, kein langsames Sichanpassen an Alter und Lebensumstände. Von heute auf morgen werden sie auf die Straße gesetzt, gestern noch auf stolzen Rossen, gestern war man noch wer, gestern war man noch gefragt und wurde gebraucht, heute stehen sie sich selbst im Wege, ganz zu schweigen von ihrer Umwelt, die sie als Last empfindet, und die Invaliden fragen, warum das so sei, so sein muß.

Morgens schrecken sie hoch und starren verdaddert auf den Wecker, bis sie begreifen: Uns braucht keiner mehr, der Betrieb nicht, die Menschen nicht, wir haben unsere Schuldigkeit getan, für uns blieb nichts mehr übrig. Wir brauchen uns nur noch selbst, und das ist zu wenig. Was sollen Menschen in ihrer freien Zeit tun, die nie gelernt haben, mit freier Zeit umzugehen.

Wohl denen, die etwas haben, das nach ihnen verlangt: Brieftauben, Hühner, Hunde, Kaninchen oder die Enkelkinder des Sohnes, der Tochter, die beide arbeiten gehen. Dann ist das Leben noch schön: man wird ja gebraucht.

Hier, meine ich, ist in der Vergangenheit gesündigt worden, schwer, und es sieht so aus, als werde weiter am Menschen gesündigt werden, auch die Gewerkschaften tragen da ein gut Teil Schuld, denn sie praktizieren eine Politik, als lebe der Mensch nur vom Brot allein und seine Glückseligkeit werde gewährleistet, sitze er an den Fleischtöpfen Babylons. Welch eine Menschenfeindlichkeit.

Ich habe viele Häuser besucht, in denen, wie es so schön heißt, Altenbetreuung betrieben wird. Freizeitbeschäftigung nach Plan. Beschäftigungstherapie haben wir so etwas in der Kriegsgefangenschaft genannt. Ich finde es einfach würdelos, was sich da drinnen abspielt. Ein Mensch, der fünfzig Jahre nicht gesungen hat, wird keine Freude am Singen haben, ein Mensch, der fünfzig Jahre keine Freude am Schachspiel hatte, wird das Spiel nur unlustig erlernen und an seinen Skat in der Kneipe denken.

Nein, sagte mir Heinrich Pankauke, dann lieber in die Kneipe einen kippen, wer weiß, wie lange ich noch einen kippen kann. Weiß du, sagte er noch, ich habe ja nichts gegen solche Häuser, aber da tun sie ja so, als würde man sich noch in die Windeln machen und alles so nach backe backe Kuchen . . .

Wenn sie nach drei, vier Tagen Nebel – freilich hält er manchmal Wochen an – wieder aufstehen können und ihren gleichbleibenden Weg spazieren, sprechen sie nicht von der Zeit, da ein Betonklotz auf ihrer Brust lag, nicht von den durchjapsten Nächten. Mir ist, als schämten sie sich, von ihrer kreatürlichen Angst zu sprechen.

Sie gehen ihren Weg wie zuvor auch. Sie haben einfach Glück gehabt. Nach dem November kommt der Mai, Hoffnung für ein weiteres Jahr Leben. Leben im Gestern.
Sicher, manchmal fehlt einer, den hat dann, wie sie sagen, der Nebel geholt. Und ein anderer sagt, wie zur Entschuldigung: War auch besser so, dem war ja schon der Weg zur Autobahnbrücke zu viel. Die anderen nicken, für sie ist der Fall erledigt, bis zum nächsten Nebeleinbruch, vielleicht wird dann wieder einer fehlen, oder einer kommt hinzu, das ist dann ein «Junger», er geht am ersten Tag in der Gruppe, selbstverständlich, als sei er schon immer mitgegangen. Nur wenn er einen Hund mitbringt, bedarf es einiger Tage der Gewöhnung, denn die Hunde der Invaliden sperren sich ebenso wie die Invaliden selbst gegen jeden Eindringling. Die Männer wollen allein sein. Sie waren es unter Tage, sie wollen es über Tage bleiben, sie wollen niemand Einblick geben in ihre Welt, denn wem man Einblick gewährt, der will auch Auskunft. Und sie sind nicht bereit, Auskunft zu geben. Die Welt draußen braucht sie nicht mehr, also brauchen wir die Welt nicht mehr, diese Welt hat uns ein Leben lang betrogen, sie hat uns mit Krumen abgespeist, wo andere in Butter ertranken.

Naja, sagt Heinrich Pankauke, ich habe jetzt eine gute Rente, was will ich mehr, und wenn der Wecker rasselt, strecke ich ihm die Zunge raus.
Und warum läßt du den Wecker rasseln? frage ich.
Warum? Weil ich ihm die Zunge rausstrecken will.
Unverständlich? Nein, es ist die Logik, die auf Rache basiert. Was will Heinrich mit seiner guten Rente anfangen, verreisen kann er nicht mehr in die große weite Welt, von der er ein langes Leben hindurch träumte, seine Betonlungen erlauben es nicht, jeder Klimawechsel kann gefährlich sein, jede Aufregung tödlich. Manchmal nehme ich ihn mit zu Borussia Dortmund oder zu Schalke nach Gelsenkirchen, dann geht er oft schon in der Halbzeit vom Platz und wartet in meinem Wagen, bis das Spiel zu Ende ist. Es war mir zu viel, sagt er dann wie entschuldigend, und ich habe den Eindruck, er schämt sich deswegen.
Wie schwer muß der Betonklotz auf seiner Brust liegen, denn Heinrich ist ein fanatischer Fußballanhänger.

Viele Invaliden sehen, neben den Spaziergängen, ihren Lebensinhalt nur noch darin, ihre Kinder finanziell zu unterstützen; sie sollen es

leichter haben, sie sollen nicht ein Leben lang anschaffen und sparen müssen wie sie selbst, deren Verdienst all die Jahre vorne und hinten nicht reichte. Die Kinder sollen möglichst schnell und alles haben, nicht nur arbeiten, sondern auch genießen. Gönnt euch was, sagen sie zu ihren Kindern, das Leben ist kurz, gönnt euch was, die Arbeit läuft euch nicht weg. Die finanzielle Unterstützung fällt ihnen nicht allzu schwer, sie haben eine ganz gute Rente, 700 bis 900 Mark im Monat, oft sogar mehr, sie dürfen nach wie vor in den verhältnismäßig billigen Zechenwohnungen bleiben, ihr Invalidendasein garantiert ihnen weiterhin billige Kohlen, sie haben ihr Gärtchen und einige Hühner, sie fühlen sich in den alten Wohnungen wohl, da kennt man sich, hat dreißig Jahre nebeneinander gelebt – und miteinander – unter Tage zusammen gearbeitet, hat seine und des Nachbarn Kinder heranwachsen sehen.
Hier ist jeder jedermanns Nachbar, ihre Wünsche sind gering geworden, leichtes Essen, abends eine Stunde in die Kneipe zu zwei, drei Bier und einen Korn, einen kurzen Skat oder Kiebitzen bei den jungen Leuten, die natürlich nichts vom Skat verstehen – und dann nach Hause, mal sehen, was die uns im Fernsehen wieder bieten. Abends um zehn geht man dann mit dem Hund noch einmal Gassi.

Bescheiden sind sie geworden. Aber sie waren es immer. Sie brauchen nicht mehr viel, aber sie haben nie viel gebraucht, und jetzt haben sie nicht selten monatlich mehr Rente, als sie früher verdienten, also gibt man den Kindern etwas ab, besser noch den Enkeln, und hier denken sie fortschrittlicher als ihre Kinder, die Enkel auf eine höhere Schule zu schicken, mit dem Argument: Auf einer höheren Schule lernt man mehr, und wer mehr weiß, der braucht sich im Leben nicht so viel gefallen lassen, so wie wir, die immer nur kuschen mußten, Maul halten, und wer mehr weiß, der braucht vor seinem Direktor nicht stramm zu stehen und nicht den Rücken zu beugen. Eine, wie mir scheint, handfeste Werbung zum Besuch höherer Schulen. Sie geben gern für ihre Kinder und Enkel, und wenn sie spazieren gehen, überbieten sie sich gegenseitig darin, was sie ihren Kindern geben werden oder schon gegeben haben. Nicht selten finanziert ein Invalide das Auto des Sohnes, das Schlafzimmer für die Tochter, das Studium für den Enkel. Sie finden nichts dabei, daß das Leben ihrer Kinder komfortabler geworden ist. Das kriegen sie ja alles nicht geschenkt, verteidigen sie ihre Kinder, dafür müssen sie ja schließlich was tun, nicht mehr so malochen wie wir, so mit Armen und Muskeln

und so, aber anders, jetzt mit Nerven.
Unter gut haben verstehen sie, das zu besitzen, was in landläufiger Meinung zum Wohlstand gehört. Nur einen Unterschied gibt es zu den Kindern: Während die jungen Leute oft leugnen, Arbeiter zu sein, sich hinter materiellen Statussymbolen verschanzen, sind die Invaliden stolz darauf, Arbeiter gewesen zu sein. Für sie hatte die Arbeit noch einen Inhalt, war nicht Job, war neben Geldverdienen mehr, war etwas, mit dem man sich zeigen konnte: Nämlich, aufeinander angewiesen zu sein.

Sie begreifen die Hetze nicht mehr, die im Arbeitsprozeß um sich greift, dieser Ablauf erlaube ja nicht einmal mehr, ein Wort mit dem Nebenmann zu wechseln.

Ist ein Invalide Witwer, wird er nicht in ein Altersheim abgeschoben, wie vielleicht in anderen Berufen; in Bergleutekreisen tut man das nicht, das gehört sich nicht, das verstößt gegen den Anstand. Die Kinder nehmen ihn auf. Sicher gibt es da Spannungen, und die Spannungen resultieren vor allem daraus, daß der Vater oder Schwiegervater eine Krankheit mit ins Haus bringt, die zwar, wie man weiß, nicht ansteckend ist, wohl aber mehr als lästig wirkt.
Der Husten, das beständige, nie verlöschende Krächzen, die Sonderwünsche, durch die Krankheit bedingt, das ewige Gerede über das Gestern, wo die jungen Leute doch im Morgen leben. Aber darüber geht man hinweg, Opa hat eine gute Rente, so lange er lebt, so lange brauchen wir die Mark nicht in den Fingern umzudrehen, wenige Tage vor Ultimo, wenn kein Geld mehr im Haus ist, Opa hat immer Geld – und Opa gibt. Was soll er denn mit seinem Geld. Und dann ist er doch die meiste Zeit auf seinem Zimmer oder geht mit seinen Kollegen spazieren oder sitzt in der Kneipe und spielt Skat, und abends ist er ruhig beim Fernsehen, man stellt den Apparat eben etwas lauter, damit sein Husten und Krächzen übertönt wird, und wollen wir mal weg, paßt er auf die Kinder auf. So ein Invalidenopa hat auch seine guten Seiten. Nur wenn der Nebel kommt, dann . . .
Auch die jungen Leute vollenden den Satz nicht, man weiß, daß es einmal so kommen wird, aber nur nicht darüber sprechen, denn wenn es da ist, kann man ja doch nichts machen, auch der Arzt steht daneben und dreht hilflos die Hände.

Ein beliebter Treffpunkt der Invaliden ist das Kriegerdenkmal. Ein Findling inmitten gepflegter Anlagen, Rosenrabatten, Ziersträuchern, Kinder spielen da, junge Mütter sitzen mit ihren Säuglingen auf den roten Bänken in der Sonne.
Es gab Ärger in der Gemeinde, die Hunde der Invaliden verschmutzen die Anlagen, sie heben das Bein, sie machen einen Buckel; das ließen sich die jungen Mütter im Interesse ihrer Kinder nicht mehr gefallen, sie beschwerten sich beim Bürgermeister. Der verstand die Frauen, und er ging, ein ernstes Wort mit den Invaliden zu reden. Sie sollen doch ihren Hunden angewöhnen, ihre Geschäfte anderswo zu erledigen. Die Invaliden sahen ihren Bürgermeister nur stumm an, sagten nichts, gingen ihren gleichbleibenden Weg zur Autobahnbrücke und sahen auf den Verkehr hinunter. Am Abend kam Heinrich Pankauke zu mir in meine Wohnung, er druckste herum, trank drei Korn, schließlich, als er schon wieder unter der Tür stand und gehen wollte, platzte er heraus, ich möge eine Eingabe an den Gemeinderat abfassen, die dahingehend lauten soll: Wenn sich die Invaliden sammeln, soll sich ein städtischer Arbeiter am Denkmal einfinden, um die kleinen Denkmale ihrer Hunde zu beseitigen, schließlich habe die Gemeinde durch sie seit Jahrzehnten Nutzen gehabt, nun wollten sie von der Gemeinde auch einmal Nutzen haben, zum Nutzen der Mütter und Kinder, die in den Anlagen Erholung suchten. Ich konnte mich seiner Logik nicht verschließen, ich verfaßte die Eingabe an den Gemeinderat, sie kam bei der nächsten öffentlichen Sitzung auf die Tagesordnung.
Als sie verlesen wurde, brachen die Gemeindevertreter in schallendes Gelächter aus. Natürlich wurde der Antrag abgelehnt, was der Logik der Kommunalverwaltung entsprach.
Die Invaliden treffen sich seitdem vor der evangelischen Kirche, denn der Küster, ein langgedienter Bergmann, entfernt die Beanstandungen schweigend und selbstverständlich, wenn sie sich auf ihren Spaziergang begeben.
Seitdem aber umwerben die jungen Frauen die Invaliden, sie möchten wieder zum Kriegerdenkmal zurückkommen, die Kinder vermissen sowohl die Männer als auch die Hunde, und die Kinder sagen, es sei gar nicht mehr schön, seit die Hustemänner nicht mehr kommen, sie erzählen so schöne Geschichten, und die Hunde machten so lustige Kunststücke. Die Invaliden sind weiterhin freundlich, aber sie bleiben beim Sammelpunkt vor der evangelischen Kirche, ihnen wurde einmal Unrecht getan, sie verstehen nicht, daß andere sie nicht verste-

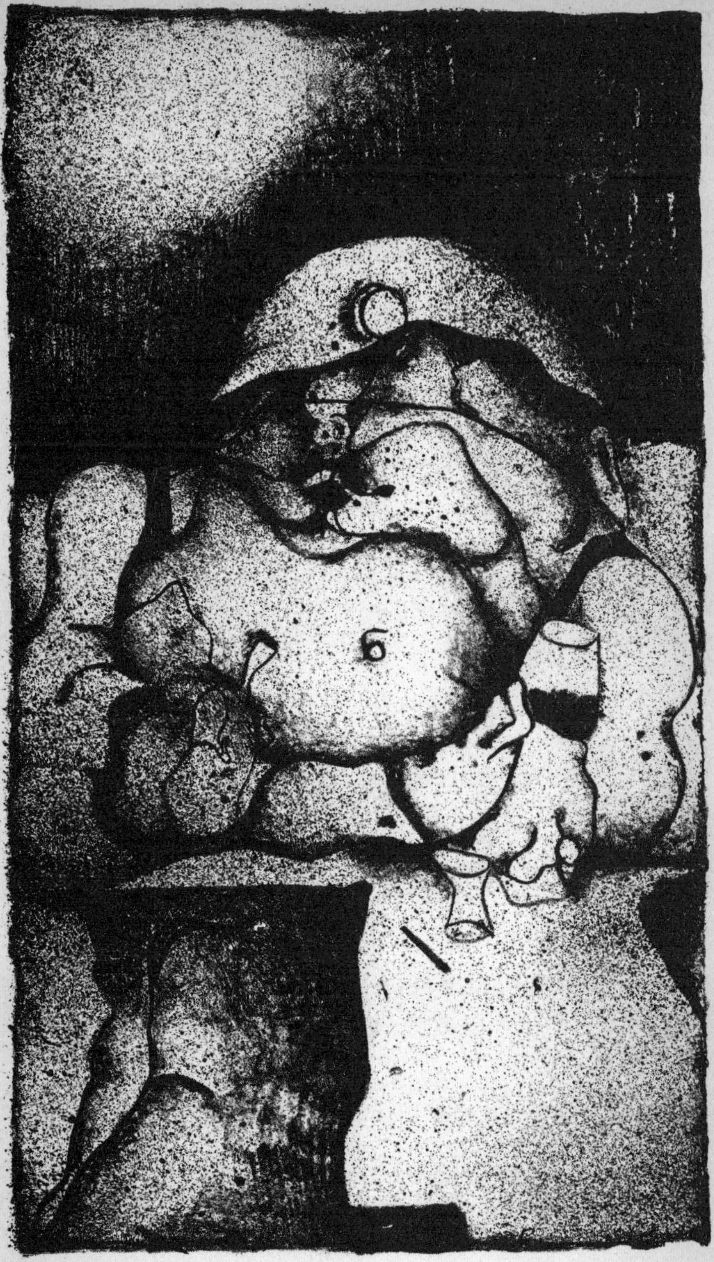

hen. Und dann: gleich gegenüber ist die Kneipe «Zum Igel», in der sie ihr Bier trinken, ihren Skat spielen.
Manchmal sind sie verbittert, dann bricht es aus ihnen heraus: Man nimmt uns als notwendiges Übel hin, die Ruhrknappschaft würde am liebsten sehen, wenn wir abkratzen, damit sie die Rente sparen kann, und unsere Kinder dulden uns doch nur, weil wir eine gute Rente haben. Ein ganzes Leben haben wir geschuftet, waren Wohltäter der Gemeinde, als ein Zentner Kohle noch einem Zentner Gold gleichkam. Jetzt braucht man die Kohlen nicht mehr, was sollen da die Invaliden. Wir werden auf Halde gekippt.
Solche Ausbrüche aber sind selten, was sie sagen möchten, fressen sie in sich hinein, warum sich über etwas aufregen, das doch nicht zu ändern ist, weil sie es selbst nicht mehr ändern können. Sie sind weise geworden, und sie wissen, daß sie dieser Gesellschaft, die sie ein Leben lang ausnützte, nicht mehr lange lästig fallen müssen.
Wenn der Nebel kommt, dann wird bestimmt einer fehlen, wenn der Nebel kommt . . .
Sie sind über diesen ihren Zustand nicht traurig, sie haben ja sich, und sie reden über ihr Gestern, über das nur sie sprechen können, denn sie haben ja kein Morgen, sie haben nur Tage, Tage voller Furcht vor dem nächsten Nebel, und haben sie den überstanden, dann haben sie einfach Glück gehabt.
Sie nehmen hin, was ist, sie kehren, nach einem entbehrungsreichen Leben, zurück in eine fast archaische Welt, ihre Wünsche sind gewesen, ihre Sehnsüchte erfüllen sich auf der Autobahnbrücke oder dann, wenn sie einmal ihre Enkel auf einen Spaziergang mitnehmen dürfen. Selten habe ich so viel Stolz erlebt, bringt ein Invalide seinen Enkel mit und stellt ihn seinen Kollegen vor.

Stramme Beine hat er, sagt Emil.
Und ob, die hat er von mir, sagt Heinrich Pankauke.
Von dir? Hör doch auf, du hast doch spindeldürre.
Ja, jetzt, aber ihr habt mich doch gar nicht gekannt, als ich Fußball gespielt habe.
Du? Fußball? Das muß aber schon lange her sein, feixt Emil.
Naja, Emil, du bist auch nicht mehr der Rüstigste.
Da hast du auch wieder recht, sagt Emil.
Sie nehmen den Jungen in die Mitte, zeigen ihm die Vögel, sagen die Namen der Bäume, erklären dem Jungen den Unterschied von Roggen und Weizen, und es kann vorkommen, daß sie in der Schule

sagen, diese Enkel, Gerste sei nur zum Brauen von Bier bestimmt. Der Lehrer weiß dann, der Junge hat einen Bildungsgang mit seinem Opa gemacht.

Zwischen den Zeiten des Nebels finden unsere Invaliden das Leben erträglich. Sie haben sich gefunden, sie leben im Gestern, und das Gestern war sogar schön, denn heute kennt man das nicht mehr: Zueinander. Heute kennt man nur noch Nebeneinander – sie wollen damit nichts zu tun haben.
30000 Fälle von Silikose – eine kleine Zahl? Sie ist erschreckend hoch, jeder zehnte Bergmann wird seinen Lebensabend damit verbringen, einen Betonklotz in seinen Lungen mit sich herumzutragen.

Heinrich Pankauke, mein Nachbar, ist gestern beerdigt worden. Ich kam von Münster und bog in unsere Siedlung ein. Ein Menschenauflauf, grüne Lodenmäntel. Emil winkt mir, ich stoppte und stieg aus, ich dachte erst, ein Verkehrsunfall habe die Menschen zusammengeholt. Bring mich nach Hause, sagte Heinrich. Wir hoben ihn in meinen Wagen, sein Hund sprang wie selbstverständlich auf den Rücksitz. Er jaulte. Die Invaliden winkten mir nach, als ich losfuhr, ich sah im Rückspiegel, wie sie in der Kneipe verschwanden. Vor Heinrichs Wohnung hielt ich, sagte: Hast dich was übernommen, Heinrich, darfst nicht mehr so viel laufen. Ich griff über ihn hinweg, öffnete die Tür. Heinrich kippte einfach auf den Bürgersteig. So leicht geht das. Er hat den ersten Nebel dieses Jahres nicht überlebt. Seine Tochter holte Dr. Löffler, der schrieb einen Schein aus, er nickte mir zu, sagte: Ist besser so.
Ich bin immer wieder darüber erschreckt, wie man so leicht sagen kann: Es ist besser so. Er war doch ein Mensch, wenn auch zum krächzenden Wrack geworden am Ende seiner Tage, war doch ein Mensch, der vierzig Jahre Kohlen gebrochen hat, Staub in sich hineinfraß, immer da war, wenn man ihn brauchte, und er brauchte zu seinem Leben nur ein Gärtchen, ein paar Tauben, seinen Hund, manchmal die Kneipe – sonst nichts. Und den Wunsch: Meine Kinder werden es einmal besser haben, und als er sah, daß sich an seinen Kindern sein Wunsch nicht erfüllte, sagte er: Meine Enkel werden es einmal besser haben. Unter besser haben verstand Heinrich schon, keinen Staub mehr in die Lungen zu atmen, einen angstfreien Lebensabend zu verleben. Nicht leben unter der Bedrückung: Wenn der Nebel kommt, dann . . .

Zwei Tage nach Heinrichs Beerdigung ging die Gruppe Invaliden an meiner Wohnung vorbei, sie winkten mir zu, sie waren zehn. Für Heinrich Pankauke war ein neuer hinzugekommen, ich kenne ihn noch nicht, aber ich werde bald erfahren, wer das ist, denn spätestens übermorgen wird Emil zu mir kommen, er erkundigt sich immer scheinheilig nach dem Befinden meines Hundes, er wird da sitzen, meinen Korn trinken, wird sagen: Schön hast du es hier, er wird nach einer halben Stunde aufstehen und unter der Tür sagen: Schön hast du es hier . . . ja, was ich noch sagen wollte, der Paul ist jetzt bei uns. Ist ja ein kleiner Angeber, achtzig Prozent hat er, sagt er, aber das glaubt ihm doch keiner. Nehmen ihn halt mit, das Angeben gewöhnen wir ihm schon noch ab.
Und Emil wird noch einmal umkehren und sagen: Du, kannst mich mitnehmen, Samstag zu Schalke nach Gelsenkirchen. Ich meine ja nur, weil du immer den Heinrich mitgenommen hast.
Natürlich werde ich Emil mitnehmen, bis zum nächsten Nebel. Und dann . . . Aber das sagte ich schon.

Die Gemeinde hat Sorgen. Die Zeche, der achtzig Jahre lang alleinige Steuerbringer, stirbt. Die Zeche aber brachte nicht nur Steuern, sie gab auch freiwillig Zuwendungen für Kindergärten, Schulen und Kirchen. Sie lieferte den Koks an die Schulen für das ganze Jahr, gemessen an den Handelspreisen fast umsonst. Die Zeche war nie kleinlich, sie war Mäzen in jeder Hinsicht – sie konnte sich dieses Mäzenatentum auch leisten. Aber bald gehen unter Tage die Neonröhren aus, und die Gemeinde bemüht sich um andere Industrie. Das ist nicht so einfach, dazu braucht man Grund und Boden. Den Boden hat der Baron, der gibt nichts mehr ab, den Grund hat die Zeche, und die pocht auf ihrem Recht, wenngleich sie den Grund niemals bebauen wird. Auch Private möchten gern verkaufen, aber sie können nicht, die Zeche hat sich vor Jahren ein Vorkaufsrecht einräumen lassen – und sie beharrt auf ihrem Recht, bis zum letzten Atemzug. So bleibt sie auf ihren Grundstücken sitzen. Vertreter fremder Firmen kommen, begutachten, wollen eine Fabrik bauen, die Verkehrslage ist äußerst günstig, Arbeitskräfte sind zu haben, aber sie finden keinen Grund, der Grund gehört der Zeche, und die Zeche winkt ab. Später vielleicht, sagt sie, jetzt nicht.
Und der Bürgermeister sagt: Hoffentlich ist es später nicht zu spät.

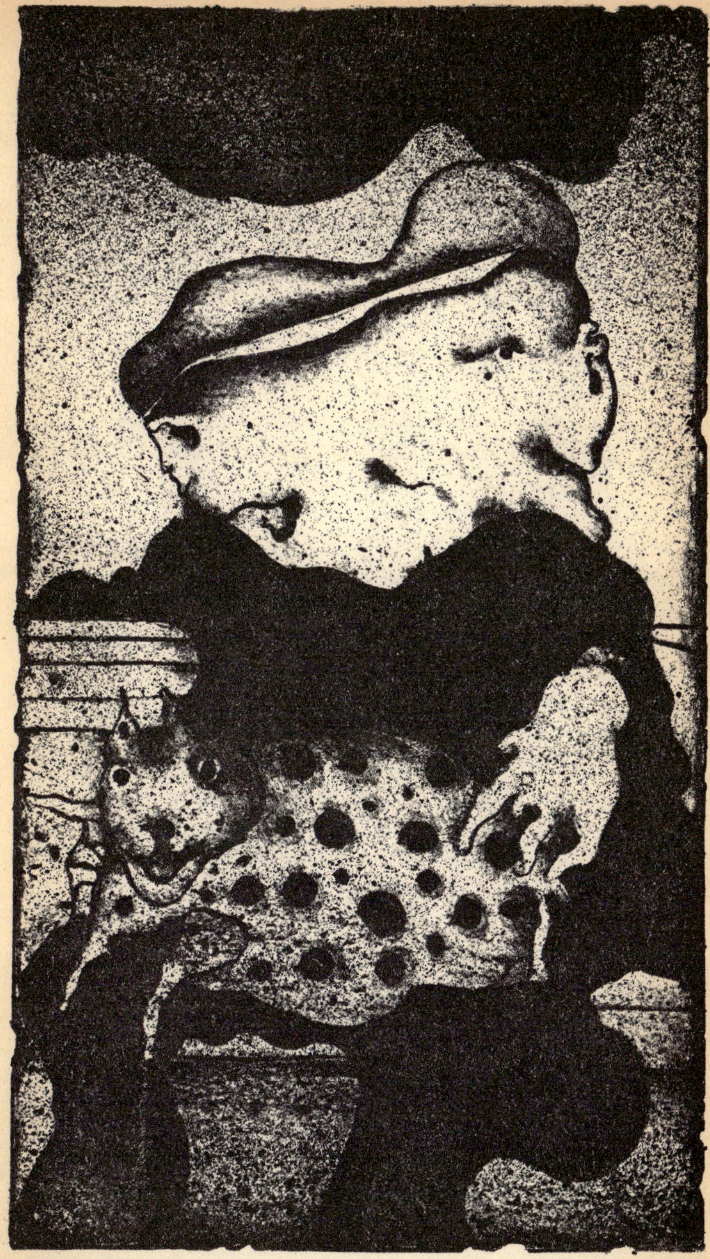

Alle hoffen sie, sie erkennen an, was die Zeche im Laufe der Jahre, im Verlauf eines halben Jahrhunderts für die Gemeinde getan hat, ohne verpflichtet zu sein. Aber nun fluchen sie, verwünschen die Zeche und ihr Recht, weil das Dorf daran gehindert wird, Anschluß an die allgemeine Entwicklung zu finden. In meiner Siedlung hat sich viel geändert. Mein früherer Kumpel Fritz Bamberger arbeitet jetzt in einem Stahlwerk in Unna. Er verdient gut – aber damit ist es nicht getan. Er bekam die Kündigung zugestellt, und weil er die Wohnung nicht räumte – wo sollte er schon hin – war bereits zweimal der Gerichtsvollzieher bei ihm und stellte den Stuhl vor die Tür, Symbol der Räumungsklage. Aber Fritz Bamberger bekam in Unna noch keine Wohnung, er erhielt damals einen Arbeitsplatz nur, weil er bei der Einstellung unterschrieb, vom neuen Betrieb keine Wohnung zu fordern. Er hat es guten Glaubens getan, er war der Überzeugung, die Zeche werde in der Wohnungsfrage nicht auf ihrem Recht bestehen – aber sie besteht doch. Mein Gott, sagt er, was für ein Wahnsinn. Die Zeche stirbt, was braucht sie da noch Wohnungen, wo sie doch keine Arbeiter mehr braucht. Warum dann diese Kündigungen. Sollen die Wohnungen leer stehen. Und ein anderer Grund ist für Fritz entscheidend, den er nie ausspricht: Er lebt jetzt bald zwanzig Jahre in dem Dorf – es ist ihm Heimat geworden, er will nicht wieder weg.
Natürlich, Fritz, sage ich, viele Industrieunternehmen bestehen in der Wohnungsfrage auf ihrem Recht, auch wenn die Anwendung dieses Rechts der Allgemeinheit schadet. Aber es ist ihr Recht. Ein komisches Recht, brummt er, dann muß es doch, verdammt noch mal, Möglichkeiten geben, dieses Recht zu ändern.
Ja, sage ich, diese Möglichkeiten müßten geschaffen werden. Hätte ich nur ein Eigenheim genommen, klagt er wieder, so wie du damals, dann könnten sie mir jetzt den Buckel runterrutschen.
Könnten sie, dachte ich. Aber auch da pocht die Zeche auf ihrem Recht. Sie fordert, ist man bei ihr nicht mehr beschäftigt, die 5000 Mark sofort zurück, die sie beim Bau des Eigenheimes als Arbeitgeberdarlehen gab. Und wer hat in unserer Siedlung schon diese Summe zur Hand, daß er sie auf den Tisch der Gesellschaft legen könnte. Die meisten leben doch von der Hand in den Mund, und die meisten haben doch eine Sparkasse erst dann von innen kennengelernt, als die bargeldlose Lohnzahlung eingeführt wurde. Was soll nun werden, klagte letzthin meine Nachbarin, mein Mann ist jetzt in einem Drahtwerk in Hamm, er kann doch nicht einfach auf der Zeche bleiben, wo doch keiner weiß, was wird, und mein Mann ist über vierzig, der muß

sehen, daß er den Anschluß nicht verliert. Jetzt haben sie uns die 5000 Mark aufgekündigt. Wo sollen wir das Geld hernehmen?
Lassen Sie sich das Geld von der Fabrik in Hamm geben, wo jetzt ihr Mann arbeitet.
Nein, das geht nicht, mein Mann hat die Stelle nur bekommen, weil er auf Wohnung und Darlehen verzichtet hat.
Der rote DKW des Gerichtsvollziehers aus Kamen ist in unserer Siedlung zum Begriff geworden, zum Begriff der Unsicherheit. Niemand weiß genau, kommt er in die Wohnung, weil eine Rate nicht bezahlt wurde, die der Verkäufer eingeklagt hat, oder weil die Zeche wegen der Wohnung Schwierigkeiten macht. Der rote DKW ist da, seit einem Jahr gehört er zum Straßenbild unserer Siedlung, und es ist für die Frauen schon uninteressant geworden, hinter den Vorhängen zu beobachten, in welche Haustüre er geht, wie lange er sich da aufhält.
Der rote DKW ist da – nichts Neugierde Erweckendes mehr, nichts Lüsternes, keine Aufregung mehr, nur die bange Frage: Kommt er wegen der Wohnung? Dann ist es schlimm. Er gehört mittlerweile zum Straßenbild wie der Milchwagen am Vormittag, der Bäckerwagen am Nachmittag.
Fritz Bamberger hat eine neue Arbeit gefunden. Damit aber hörten die Schwierigkeiten nicht auf, sie fingen erst an. Jetzt sucht er in Unna eine Wohnung. Das Werk, in dem er arbeitet, kann ihm keine besorgen, das städtische Wohnungsamt aber sagt: Warum bleiben sie nicht, wo sie sind, dort haben sie eine Wohnung.
Wie soll Fritz Bamberger den einzelnen Stellen seine – und nicht nur seine – Situation erklären, wenn sie nicht von selbst begreifen. Es ist der reinste Teufelskreis, sagt er, du kommst zum Schluß, wenn du dich erst mal auf den Weg gemacht hast wegen einer Wohnung, wieder an den Ausgangspunkt zurück. Sie sind alle freundlich zu dir, sie können alle nachfühlen, aber sie können nichts tun.
Was soll ich Fritz Bamberger sagen? Etwa, daß seit einem halben Jahr mir gegenüber drei Wohnungen leer stehen. Es findet sich niemand, der sie beziehen könnte, weil sich niemand findet, der auf einer absterbenden Zeche arbeiten will. Wer kauft sich schon ein Reitpferd, von dem man weiß, daß es für den Schinder ist.
In meiner Siedlung beginnt das große Rechnen, denn der Arbeitsplatzwechsel und der damit verbundene Ortswechsel bringt nicht nur einen neuen Rhythmus in das Leben der Familie; wer von der Zeche geht, wird bald gewahr, daß er außer der billigen Wohnung noch

mehr aufs Spiel gesetzt hat. Da sind einmal die hundert Zentner Deputatkohlen, wie es heißt, die durch alle Preiserhöhungen seit Kriegsende für den Kumpel immer gleich blieben: 44 Pfennig pro Zentner, dazu der Fuhrlohn, fünf Mark für die Tonne. Auch die zwei Fuhren Holz pro Jahr entfallen, und plötzlich erschrickt man, denn nun weiß man endlich, wieviel Geld von der Haushaltskasse für Brennstoff und dergleichen abgezweigt werden muß. Auf der Zeche konnte man auch sonst allerlei billig erwerben, etwa alte Rohre für Gartenpfosten; die Zeche lieferte im Herbst verbilligte Einkellerungskartoffeln und Torfmull für den Garten, sie finanzierte Urlaubsreisen nach Bayern oder an die Nordsee, der Kumpel brauchte nur 40 Mark für drei Wochen zu bezahlen. Das alles fällt weg, das alles kommt als neue finanzielle Belastung hinzu, und die Wohnung selbst kostet nicht mehr 45 Mark wie bisher: wird sie gekündigt, kostet sie nicht selten gleich das Drei- und Vierfache.

Neulich stand ich mit einem früheren Arbeitskollegen am Tresen zusammen, er rechnete mir vor, daß er im neuen Betrieb 25 % mehr verdienen müßte, wollte er die finanziellen Belastungen, die auf ihn zukommen, seit er die Zeche verließ, auffangen. Aber er verdient im neuen Betrieb 15 % weniger.

Und wie kommst du jetzt aus? fragte ich ihn.

Du wirst lachen, antwortete er, ich komme aus, ich hätte es nicht für möglich gehalten. Und wir haben sogar noch was übrig. Weiß der Kuckuck, wie es kommt, dabei leben wir nicht anders . . . und alles so . . . sagt er mit Jürgen von Mangerscher Philosophie. Aber er hatte mir verschwiegen, daß seit einem halben Jahr seine Frau mit arbeiten geht, in einen Betrieb für Kunstfaser in Hamm, der Opa betreut die schulpflichtigen Kinder.

Die Frauen aber stöhnen, nicht weil sie das Rechnen lernen mußten, sondern über ihre Männer. Als die Männer noch auf der Zeche waren, hatten sie Schichtarbeit, sie waren in die Lage versetzt, immer einen halben Tag über ihre Zeit zu verfügen. Jetzt, im neuen Betrieb, sind sie den ganzen Tag von zu Hause weg, mit dem Weg von und zur Arbeitsstelle oft 10 – 12 Stunden. Die Frauen sind allein. Manche, deren Kinder ein Alter erreicht haben, in dem sie schon allein bleiben können, haben Arbeit angenommen in den zu Fertigungsstätten umgebauten Wirtshaussälen. Morgens fährt ein großer Bus in eine Kettenfabrik ins nahe Sauerland, voll mit Mädchen und Frauen. Im Sommer findet man nichts dabei, aber im Winter, da wird es erbarmungswürdig. Ich sehe die frierenden Gruppen an der Gaststätte

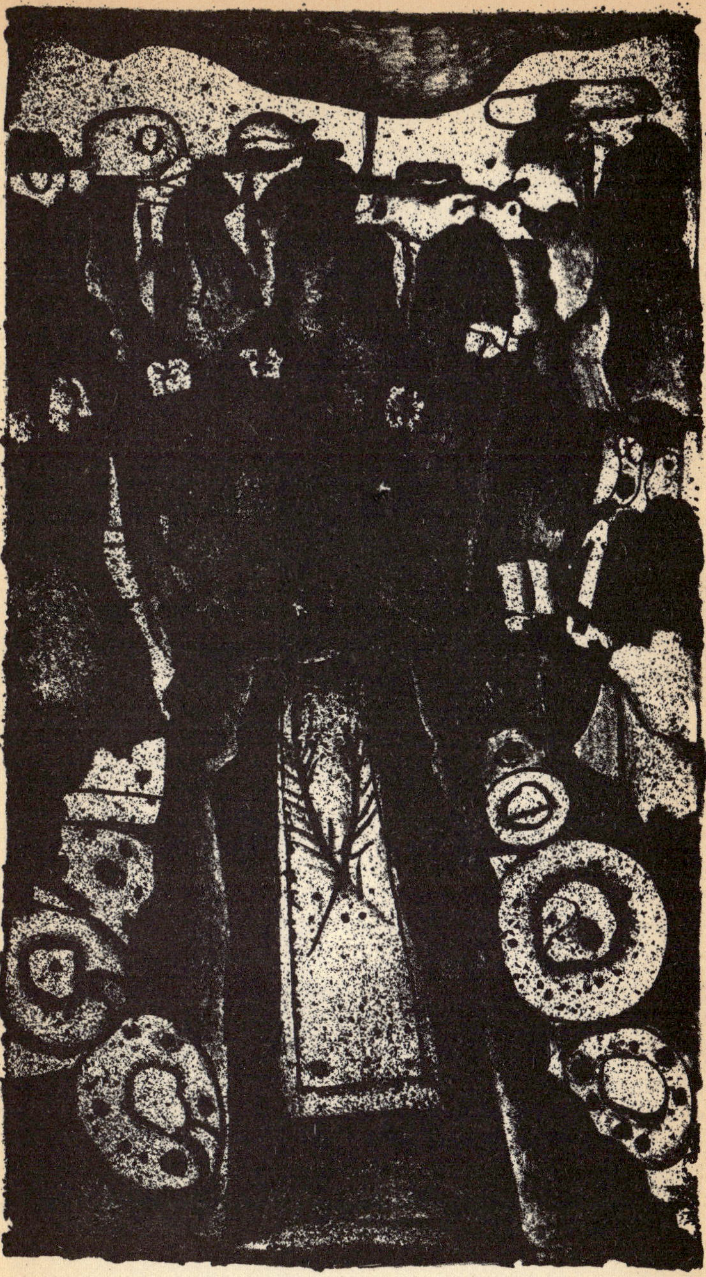

Funkenburg, wenn sie auf den Bus warten, der nicht kommen will, weil der Nebel zu dick ist oder die Straße vereist. Die Mädchen und Frauen strampeln den Boden und machen die Gemeinde dafür verantwortlich, weil sie nicht früh genug Sorge getragen hat, diese Fabrik im Sauerland in ihr Dorf zu holen.
Wenn wir einer Katastrophe entgehen wollen, sagte mir der Bürgermeister, müssen wir eine Fabrik hierher kriegen, sonst wandern alle ab, dann werden wir ein Dorf von Invaliden und Kindern. Erst suchen sie sich auswärts eine neue Arbeit, dann finden sie nach und nach auch eine Wohnung.
Ihr habt all die Jahre zu sehr auf die Zeche gebaut, sage ich. Ihr habt alle leicht reden, sagte er. Was soll man mit einem Gemeinderat beschließen, der sich fast ausschließlich aus Leuten zusammensetzt, die auf der Zeche beschäftigt sind. Sollen sie gegen ihren Brötchengeber stimmen?
Ich hätte ihm allerlei erwidern können, ihm von Verantwortung erzählen können gegenüber der Gemeinde und von demokratischen Spielregeln. Aber ich sah, daß es sinnlos war.
Nein, es wird sich nicht, wie so viele meinen, alles von selbst regeln, wenn die Agonie der Zeche zu einem Ende kommt. Es kann eintreten, was schon in vielen Industriedörfern im Ruhrgebiet schreckliche Wirklichkeit geworden ist: einst wohlhabende Industriegemeinden sind Kinder- und Rentenwohnstätten geworden. Und in diesen Siedlungen erzählen alte Männer den Kindern Märchen. Es sind Märchen der letzten 60 – 100 Jahre:

Da kam einmal ein Mann, der zeigte auf eine Stelle, dann kamen immer mehr Leute und teuften einen Schacht ab, und nach Jahren förderten sie aus dem Schacht Kohlen, und um den Schacht bauten sie Häuser für die Männer, die unter den Häusern das schwarze Zeug brachen. Und dann brauchten sie das schwarze Zeug nicht mehr, und auch nicht mehr die Männer. Deshalb mußten die Männer sich anderswo Arbeit suchen, damit die Kinder leben konnten, und jetzt fahren eure Väter in eine andere Stadt, und ihr seid mit uns alten Leuten allein. Es ist still geworden. Auch euer Kindergeschrei wird diese Stille nicht durchbrechen.
Wir stehen am Tresen und diskutieren, Fritz Bamberger führt das große Wort, er schimpft auf alles und jedes. Niemand hört ihm zu, seine Platte ist abgeleiert. Jeder hat genug eigene Sorgen, und jeder hat genug mit seinen eigenen Sorgen zu tun. Aber wenn wir beide

nach Hause gehen, wird sich Fritz bei mir einhaken und am Eingang unserer Siedlung stehenbleiben und sagen: Weißt du noch? Das waren Zeiten. Er sagt es so, als wären es gute Zeiten gewesen.
Das aber sagt er nur, wenn am Tresen schon die Lichter ausgehn.

Um hier zu werben . . .

. . . müßte man ganz leise schreiben können, auf Watte statt Papier. Wer, der wirbt, könnte das! Werber, heißt es, müssen trommeln. Müssen sie's? Und müssen sie's überall? Unter Tauben vielleicht, unter Lärmgewöhnten, Lärmgestörten, Ruhelosen. Aber nicht unter Ruhelesern.

Deshalb: Lassen Sie sich nicht stören, lieber Leser. Denken Sie bitte erst nach der Lektüre an das, was Ihnen hier empfohlen wird. Denn Sie können sie ja trennen: die Zeiten der Muße und die des Gelderwerbs.

Das Stenogramm

Am Sonntag, dem 16. Februar 1969, fuhr auf der Bundesstraße 13, Ansbach–Würzburg, drei Kilometer vor Ochsenfurt, ein weißer VW auf vereister Straße aus einer Nadelkurve heraus an einen Straßenbaum.

Der Aufprall war so stark, daß sich der Stamm in den Wagen hineinfraß. Im Unglückswagen saßen ein Arzt und seine Frau, sie waren von einem dringenden Hausbesuch gekommen, zu dem sie am frühen Morgen telefonisch gerufen worden waren.

Der Arzt war diesem Notruf sofort nachgekommen, er hatte an diesem Wochenende Notdienst. Der Arzt hatte in einem abgelegenen Dorf ein diphterieverdächtiges Kind behandelt. Das Unglück ereignete sich genau 10.30 Uhr.

10.35 Uhr

Ein grüner Mercedes mit drei Insassen näherte sich mit mäßiger Geschwindigkeit aus der Kurve heraus dem Unglückswagen. Am Steuer saß ein älterer Herr, auf dem Rücksitz eine junge Frau, neben ihr eine ältere, ihre Schwiegermutter. Die junge Frau schaukelte ein etwa dreijähriges Kind auf ihrem Schoß. Die junge Frau schrie: Ewald, du mußt anhalten. Um Gottes willen, da ist was passiert.

Der Mann schüttelte verärgert den Kopf.

Quatsch, sagte er, sowas ist nichts für das Kind.

Die ältere Frau pflichtete ihm bei. Fahr weiter, nuschelte sie, recht hat er, recht.

Aber wir können doch nicht . . die junge Frau sagte es hastig. Sei jetzt still, sagte ihre Schwiegermutter, und der Mann am Steuer ergänzte: Wir können in Ochsenfurt auch nicht zur Polizei gehen und den Unfall melden. Ich habe meine Papiere vergessen. Glaubst du, ich will wegen dem VW da in einen Schlamassel kommen?

Der Mann schaute im Vorbeifahren geradeaus, die junge Frau scheu auf den Unglückswagen, ihre Schwiegermutter zündete sich eine Zigarette an, ihre Hände zitterten.

Als sie etwa einen Kilometer weitergefahren waren, sagte die junge Frau: Wir sollten doch zur Polizei gehen.

Der Mann am Lenkrad und die ältere Frau schwiegen, nur das Kind auf dem Schoß seiner Mutter krähte: Mami . . . tatü . . . tatü . . .

10.42 Uhr

Ein schwarzer VW mit vier Insassen fuhr forsch aus der Kurve heraus. Der Fahrer des Wagens sah den Unglückswagen, wollte

bremsen, ließ dann aber den Wagen ausrollen und kam etwa sechzig Meter weiter zum Stehen.
Der etwa Vierzigjährige verließ den Wagen. Der Mann schaute sich verstohlen um, die Straße entlang. Seine Frau, die auf dem Beifahrersitz Zeitung las, guckte erstaunt auf, fragte: Ist was? Trink doch morgens nicht so viel Kaffee, dann mußt du auch nicht so viel laufen. Die beiden jungen Mädchen auf dem Rücksitz, die Töchter der beiden, kicherten. Eines der Mädchen rief: Papa, unser Wasserfall.
Da hinten ist ein VW an einen Baum gefahren, sagte der Mann.
Er wollte weggehen, die Frau rief ihn zurück.
Was geht es dich an, rief sie. Fahr weiter. Die sollen nicht immer so rasen. Die Mädchen riefen: Wo? Wowowo? ach . . . da . . . na, der Wagen ist futsch.
Der Mann zögerte. Die Frau beugte sich aus dem Fenster und sagte leise: Emil, komm rein, sei nicht kindisch. Dann mußt du als Zeuge bleiben, und die verlangen dann womöglich deinen Führerschein. Was ist dann? Willst du die letzten vier Wochen, bis du ihn wiederkriegst, auffallen? Na also, steig ein.
Der Mann nickte, stieg ein und fuhr langsam weiter. Die Mädchen auf dem Rücksitz preßten ihre Gesichter an das Heckfenster, bis der Unglückswagen nicht mehr zu sehen war.
Nun fahr doch ein bißchen schneller, zischte die Frau, wir sind sowieso zu spät dran. Wofür hat dir mein Vater eigentlich die Spikesreifen gekauft? Na also.
10.53 Uhr
Ein kanarigelber Fiat tastete sich vorsichtig in die Kurve, schlidderte trotzdem, die junge Frau am Steuer hatte Mühe, das Fahrzeug in der Gewalt zu behalten. Sie fuhr Schritt-Tempo aus der Kurve heraus, sie bemerkte den Wagen am Baum, sie schloß einen Moment die Augen, sie schrie leise auf.
Ihre Mutter, die neben ihr saß, bekreuzigte sich, flüsterte: Else, um Himmels willen, fahr weiter, schnell, bevor jemand kommt. Wir wollen mit so was nichts zu tun haben. Else, Kind, ich kann so was nicht sehen, du weißt, Kind, mir wird bei so was gleich schlecht.
Wir müssen das der Polizei melden, Mutter.
Polizei? Kind, fahr weiter, wir wollen keine Scherereien haben, wir haben noch nie was mit der Polizei zu tun gehabt. Fahr weiter, wir haben einfach nichts gesehen, nach uns kommen auch noch welche.
Die Mutter bekreuzigte sich noch einmal, sie murmelte vor sich hin.

10.58 Uhr

Aus Richtung Ochsenfurt kam ein Wagen, er war am Ortsausgang dem kanarigelben Fiat begegnet. Der Mann fuhr an dem Unglückswagen vorbei, als ob er überhaupt nicht vorhanden sei.

Das fehlte noch, dachte der Mann, daß ich jetzt angehalten werde, dann steht mein Name womöglich morgen in der Zeitung, das fehlte noch.

In der Kurve begegnete ihm ein Mercedes-Diesel um

10.59 Uhr

Am Steuer des klapprigen, schwarzen Diesels saß ein weißhaariger Mann. Der Mann erschrak für eine Sekunde, als er den um den Baum gewickelten VW sah, er fuhr dann langsam weiter, an das verunglückte Fahrzeug heran, und hielt wenige Meter dahinter. Der Mann stieg aus, er war etwa sechzig Jahre alt, sehr beleibt und irgendwie zu kurz geraten. Der dicke Mann ging um den VW herum, sah erschreckt ein paar Sekunden auf die beiden leblosen Menschen durch die zerborstene Windschutzscheibe, flüsterte: furchtbar . . . Dann, als er wie zufällig seine abgefahrenen Reifen sah, stieg er wieder in seinen Wagen und fuhr weiter. Ich will doch keinen Ärger haben, wenn die Polizei kommt, dachte er. Das Klappern des lose hängenden Auspuffs war noch lange zu hören.

11.08 Uhr

Ein popbemalter Citroen 2 CV schlich in die Kurve, die vier jungen Leute, zwei Jungen, zwei Mädchen, sangen einen Schlager, sie waren, trotz der vereisten Straße, ausgelassen, als kämen sie von einer Party.

Der Mann am Steuer schrie: Nun seid doch mal still. Schaut mal nach vorne, da hängt einer am Baum.

Die Mädchen sangen weiter, und der junge Mann schrie noch lauter: Still jetzt! Verdammt noch mal, ihr blöden Gänse, könnt ihr nicht mal still sein.

Er hielt an. Er und sein Begleiter stiegen aus, sie blieben einige Meter vor dem VW stehen, sie bewegten ratlos ihre Arme. Dann traten sie näher.

Mein Lieber, der muß vielleicht einen Zahn drauf gehabt haben. Da ist nichts mehr zu machen, die sind hops.

Und jetzt? fragte der andere, sollen wir warten, bis die Polizei kommt? Oder sollen wir in Ochsenfurt zur Polizei fahren?

Mensch, bist du verrückt? Ich hab gesoffen, ich bin noch von heute nacht voll, ich hab doch eine Fahne, die riechen das doch, die sind doch auch nicht von Dummsdorf. Wenn ich blasen muß, dann bin ich dran.

Das kann ich mir nicht leisten.
Sie gingen zurück, stiegen ein und fuhren weiter. Eines der Mädchen fragte: Sind die tot?
Nein, sagte der Mann am Steuer, und er umkrampfte das Lenkrad so, daß die Knöchel weiß wurden, nein, die spielen nur Karten, die warten auf den dritten Mann zum Skat.
Ach, wie spaßig, sagte das andere Mädchen, und beide begannen, einen neuen Schlager zu singen.
11.15 Uhr
Ein roter VW, an der Antenne einen Fuchsschwanz, fuhr äußerst gewagt in die Kurve, forsch aus der Kurve heraus. Der Glatzköpfige, allein im Auto, pfiff, als er den verunglückten Wagen sah, scharf durch die Zähne.
Verdammt, murmelte er, verdammt, das hat mir gerade noch gefehlt.
Er gab vorsichtig Gas, trotzdem drehten die Räder durch, der Wagen schlitterte ein paar Sekunden, dann fing er sich wieder auf einer trockenen Stelle der Straße.
Der Glatzköpfige begann zu schwitzen, seine Handflächen wurden feucht.
Hoffentlich kommt mir jetzt keiner entgegen und merkt sich meine Nummer, brummelte er vor sich hin. Verdammt, wenn mich jetzt die Polizei anhält, mit dem geklauten Wagen . . . nicht auszudenken . . . laßt sie liegen . . . laßt sie liegen . . . sind ja sowieso übern Jordan.
11.28 Uhr
Ein beiger BMW fährt in die Kurve, am Steuer eine blonde, sehr schöne Frau. Der Mann neben ihr ist schläfrig, er gähnt dauernd.
Fahr nicht so leichtsinnig, sagt er zu der blonden Frau. Da sieht er den verunglückten Wagen, und er sagt: Soll es uns so gehen wie denen da?
Die Frau wollte anhalten. Der Mann schrie: Bist du verrückt? Hinterher müssen wir noch als Zeugen auftreten.
Na und? fragte die Frau.
Sag mal, keuchte der Mann, hast du vielleicht ein Brett vor dem Kopf? Und wenn meine Frau die Vorladung in die Finger kriegt, da steht doch dann auch dein Name drauf . . . was dann . . . na . . . kapiert?
Die Frau fuhr langsam weiter, aber sie sah den Mann neben ihr nicht mehr an.
11.35 Uhr
Langsam näherte sich mit rotierendem Gelblicht der Streuwagen aus

der Kurve heraus dem Unglückswagen.
Der Beifahrer schrie: Franz! Halt an . . . da . . . da. Ich hab's dir doch gleich gesagt, daß wir heute noch einen antreffen, der wo dranklebt. Hätten wir mal gewettet.
Sie hielten hinter dem Unglückswagen, die beiden Männer stiegen aus, sie sahen kurz auf die leblosen Insassen, sahen sich an, zuckten die Schultern. Der Fahrer des Streuwagens stieg wortlos ein und meldete den Unfall per Sprechfunk in die Zentrale. Sie warteten, ohne ein Wort zu wechseln, eine Viertelstunde, bis die Polizei kam, und noch weitere zehn Minuten bis zum Eintreffen des Krankenwagens, in dem ein Arzt mitgekommen war. Als der Arzt den Toten am Lenkrad sah, schrie er leise auf.
Ist was, Doktor, fragte einer der drei Polizisten.
Nein, nein, nichts. Sind mindestens eine Stunde tot, sagte der Arzt.
Eine Stunde? fragte ein anderer Polizist. Daß die aber nicht früher entdeckt wurden.
Wie soll auch, antwortete der Arzt. Wer fährt schon bei dem Sauwetter und den Straßen und am Sonntagmorgen, wenn er nicht unbedingt muß. Und wer muß schon unbedingt am Sonntagmorgen.
Da haben Sie auch wieder recht, sagte der erste Polizist, und die drei Uniformierten begannen, den Tatbestand zu protokollieren.

Meldung am 17. 2. 69 in allen Würzburger Zeitungen: Auf der Bundesstraße 13, kurz vor Ochsenfurt, verunglückte gestern Vormittag der praktische Arzt Wilhelm Altmann mit seiner Ehefrau tödlich. Die Polizei nimmt an, daß der Wagen infolge überhöhter Geschwindigkeit auf spiegelglatter Straße aus der Kurve getragen wurde und dann an einen Baum prallte. Die beiden Insassen waren nach Auskunft des hinzugeeilten Arztes sofort tot.
Alle diejenigen, die am Sonntag, dem 16. 2. 69, in der Zeit von 10.30 Uhr und 11.35 Uhr die Unglücksstelle passierten, lasen am Montagmorgen die Zeitung.

Wenn der Abend kommt

«Du kommst spät», sagte sie während des Einsteigens. «Hab schon Eisklumpen statt Füße.»
Vor dem Werkstor trampelten noch mehr Frauen den verharschten Schnee, einige hopsten auf und ab, Dampf quoll aus ihren Mündern, die Hoffnung auf Abruf war in ihre Gesichter gefroren.
Der Mann fuhr, ohne seiner Frau Antwort zu geben, weiter. Die Lichter der entgegenkommenden Autos in der Minute zwischen Tag und Abend auf glitzernder Straße zitterten ihm entgegen wie großäugige Ungeheuer. Die Lichter fluteten ihm entgegen, die Straße glich einem Spiegel, und aus der Richtung, wo er Dortmund wußte, stieß ein gelbes Lichtbündel in den Himmel, in der letzten Minute des Tages, in der ersten des Abends.
«Wo kommst du denn so spät her? Ich stehe da wie bestellt und nicht abgeholt», räsonnierte die Frau. Sie zitterte vor Kälte und Wut.
«Nun sei doch endlich still, du siehst doch, was auf den Straßen los ist. Da guck . . . guck dir das Eisband an . . . da . . . da . . .»
Ein entgegenkommender Wagen schlidderte in den Graben und überschlug sich mit einer Selbstverständlichkeit, als sei diese Präzision bei der Zulassung mitgeliefert und mit Stempel amtlich verordnet worden.
«Laß doch, weich mir nicht aus, wo kommst du so spät her?» bohrte die Frau, verbohrt in ihre Wut, die aus Eisklumpen statt Füße kam.
Der Mann schrie sie an: «Wenn du jetzt noch ein Wort sagst, dann werf ich dich aus dem Wagen.»
Er gab, ohne es zu wollen, Gas, die hinteren Räder drehten durch, der Wagen schlidderte an die Seitenplanke, der Mann steuerte quer, konnte den Wagen abfangen, ließ ihn ausrollen, blieb stehen. Er zündete sich eine Zigarette an. Die Frau war stumm geworden.
«Bist du eigentlich blöde», zischte der Mann seine Frau an. «Du siehst, was auf den Straßen los ist, und fragst noch, wo ich so lange gewesen bin. Verdammt, sei jetzt endlich still.»
«Entschuldige, aber fast eine Stunde bei dem Wetter warten, das macht einen mehr fertig als acht Stunden arbeiten.»
«Du wartest ja nicht jeden Tag, das ist diesen Winter das erste Mal gewesen.»
Der Mann spürte den Haß und die Ungeduld der vielen Lichter hinter ihm, die er im Rückspiegel beobachtete, aber sie konnten nicht ausbrechen, nicht an ihm vorbeifahren, der Lichterstrom von vorn war

ohne Ende.
«Schließlich habe ich heute noch einen Berg Wäsche», sagte die Frau. Auch sie steckte sich eine Zigarette an.
Als der Mann losfahren wollte, klopfte es an das Seitenfenster und eine wütende Stimme sagte: «Nun fahren Sie doch mit ihrer Scheißkarre weiter. Verdammt noch mal, andere wollen auch nach Hause.»
Detlev rollte langsam das Fenster herunter und sagte wie teilnahmslos in den Schatten neben seinem Wagen: «Du hast wohl einen kleinen Mann im Ohr. Wenn es dir zu langsam geht, dann schaff dir einen Hubschrauber an.»
Langsam fuhr Detlev weiter. Im Wagen war es kalt. Die Haßlichter hinter ihm zitterten aufgelöst hinterher.
«Du mußt endlich mal die Heizung in Ordnung bringen lassen», sagte die Frau. «Das kann ja kein Mensch aushalten, hier drinnen.»
«Jaja», sagte der Mann.
Im Stadtbereich Dortmund glänzte die Straße als Doppelspiegel, und die Unsicherheit wuchs wie die Frage: Ist es Eis? Oder Nässe? Detlev zweigte vom Ruhrschnellweg ab nach Barop, und an der Ausfahrt Traumstraße, unten beim Zoo, waren zwei Fahrzeuge ineinandergekeilt. Rotierendes Blaulicht warnte von weitem.
«Die werden es wieder eilig gehabt haben», sagte die Frau, und der Mann erwiderte, während er das Fenster einen Spalt herunterkurbelte und seine Kippe in den Wind warf: «Oder einer hat auch so ein Quatschweib im Auto gehabt wie ich.»
Dann waren sie schon in ihrer Siedlung. Fächerartig flohen die Häuser, riesigen Hohlblocksteinen gleich, von der breiten Straße fort; uniform und langweilig jedes Haus und hinter jeder Langweiligkeit eine neue. Sie fuhren, bis die Langweiligkeit ein Ende hatte und eine neue, ihre Langweiligkeit begann. Hinter ihrer Langweiligkeit aber drehte sich ein großer, blaulichterner Mercedesstern. Schön war der Stern.
Die Frau stieg aus, lief wie gehetzt auf die Haustüre zu, hob im Laufen mehrmals das Gesicht zur erleuchteten Fensterfront, schien beruhigt, lief aber dennoch schneller, warf die Haustüre hinter sich zu und hastete, zwei Stufen auf einmal nehmend, die Treppe hoch, knöpfte unterwegs den Mantel auf, zog ihn schon im Treppenhaus aus, trommelte an die Korridortüre, wartete keuchend.
Der Junge öffnete und sagte: «Ihr kommt aber heute spät, Schularbeiten habe ich schon gemacht, gegessen habe ich auch schon was, und der Postbote war da, wollte acht Mark fünfzig haben, hatte ich

aber nicht . . .»
«Ist schon gut», sagte die Frau. «Komm.»
Detlev setzte seinen Wagen auf einen langen, schmalen Platz, wo das Schild angebracht war: Nur für Hausbewohner. Er stieg aus, nahm seine Aktentasche vom Rücksitz, schloß ab und ging einmal um den Wagen, stieß seine rechte Schuhspitze mehrmals an die Reifen. Ein Wagen kam auf Detlev zugefahren. Der Mann im Wagen sagte: «Bin von Bochum bis hierher im zweiten Gang gefahren. Sauwetter.» «Ja, da wird man richtig fertig», antwortete Detlev, «und meine Frau saut mich ab, weil ich sie mal später abgeholt habe. Bei den Straßen. Diese Weiber.»
«Diese Weiber», sagte der Mann im Wagen, «sollen sich erst mal ans Steuer setzen, bei dem Wetter. Aber die fahren ja nur im Sommer und dann wie die ersten Menschen.»
Detlev stieg langsam die drei Stockwerke hoch. Er klingelte. Der Junge öffnete die Tür, und die Frau rief aus der Küche: «Hast du keinen Schlüssel? Mußt du erst die Familie durcheinanderbringen?»
Der Mann sparte sich eine Erwiderung, die Frau hätte wahrscheinlich auch nichts verstanden, sie war vor der summenden Waschmaschine damit beschäftigt, Waschpulver in den Wasserzulauf zu schütten. Der Tisch in der engen Küche war schon gedeckt, der elfjährige Junge trug das Brot auf, die Frau nahm aus ihrem Einkaufsnetz Päckchen, wickelte Wurst und Käse aus.
Der Mann war noch einmal in den Keller gegangen, um einige Flaschen Bier zu holen, er schimpfte während des Essens über die vielen Stufen. Sie aßen dann stumm, nur die Waschmaschine summte, manchmal knackte es, drehte sich die Trommel in entgegengesetzter Richtung. Durch die Scheibengardinen sah man den rotierenden blauen Mercedesstern, weit oben, wo das Leben am Ruhrschnellweg in Bahnen rutschte, das nichts mehr mit dem blauen Stern gemein hatte.
«Wie war's denn in der Schule?» fragte die Frau.
«Wir kamen heute schon wieder zwei Stunden früher raus», sagte der Junge. «Unsere Lehrerin ist krank. Hatten Aushilfe. Haben nicht viel gemacht, gelesen, das Stück kennen wir jetzt schon auswendig . . .»
«Die ist aber oft krank», warf der Mann ein.
«Die können sich das ja auch leisten», murrte die Frau vor sich hin. «Denen ihr Gehalt läuft weiter. Nicht wie bei uns. Unsereiner hat erst mal eine Lauferei zum Krankwerden, bis man einen Krankenschein hat.»

«Die haben überhaupt ein schlaues Leben», sagte der Mann mit vollen Backen. «So ein schlaues Leben möchte ich auch mal haben, schicken die Kinder einfach nach Hause, wenn es ihnen zu dick kommt.»
«Ja, müßten wir auch können», sagte die Frau. «Aber unser Betrieb ist festgewachsen.»
«Die Schule ja auch», murrte der Mann wieder. «Der Unterschied ist nur, daß die Schule die Kinder nach Hause schickt, wenn es zu viel Arbeit gibt, der Betrieb, wenn es zu wenig Arbeit gibt.»
«Quatsch nicht», sagte die Frau heftig. Sie zog die Vorhänge zu, der Mercedesstern verlöschte. «Bisher hat uns noch niemand nach Hause geschickt.»
«Habe ich auch nicht gesagt, verdammt noch mal, ich habe nur gemeint. Es könnte ja sein, es könnte ja einmal sein . . . einfach so.» Der Mann trank sein Bier aus der Flasche.
«Könnte sein. Immer sein: Es könnte sein.» Die Frau war mit dem Essen früher fertig geworden, sie räumte vom Tisch, was nicht mehr gebraucht wurde. Der Mann und der Junge aßen noch.
«Du könntest aber auch warten, bis wir mit dem Essen fertig sind», sagte der Mann.
«Ach was. Ihr beide sitzt bis morgen früh noch hier, wenn ich euch den Brotkorb nicht wegräume.»
Die Frau drückte die Schnelltaste der Waschmaschine, hielt sie fest, bis zwei Spülgänge übersprungen waren. Der Junge räumte das Geschirr vom Tisch in das Spülbecken, schaltete den Heißwasserboiler an.
Der Mann las Zeitung. Der Junge wartete vor dem Boiler, bis das Wasser kochte. Dann ließ er das Wasser einlaufen und spülte das Geschirr.
Aus dem Schlafzimmer brummte der Staubsauger, vor dem Haus schlug eine Wagentür. Detlev stand auf und sah hinunter. Schräg rechts fiel das Blaulicht des Mercedessterns auf sein Gesicht.
«Na, was sag ich, der Bechmeier kann seinen Wagen nie auf den Parkplatz stellen. Denkt, weil er einen 20 TS fährt, kann er sich das leisten. Übler Bursche ist das . . . Klaus . . . könntest mir Zigaretten holen.»
«Jetzt gleich, Vati?»
«Spül mal erst das Geschirr fertig.»
Die Maschine hatte sich ausgeschaltet, die Frau kam in die Küche, hob den Deckel, nahm einzelne Wäschestücke aus der Trommel und

schichtete sie in die Schleuder.
«Du brauchst deine dreckigen Socken auch nicht immer im Schlafzimmer rumliegen zu lassen, weißt genau, wo sie hingehören. Immer muß ich euch nachlaufen, als ob ich nicht schon genug Arbeit am Hals hätte.»
«Entschuldige», sagte der Mann, «hab es halt vergessen, kann ja vorkommen. Du machst aber aus jedem bißchen Dreck eine Weltanschauung.»
Die Frau erwiderte etwas, aber ihre Worte gingen unter im Pfeifen der Schleuder, das Geschirr im Schrank klapperte. Als sie ausgeschaltet hatte, sagte sie: «Du könntest für mich einkaufen gehen.»
«Wer? Ich?» fragte der Mann.
«Glaubst du, ich meine den Oberbürgermeister.»
«Da kann doch Klaus gehen.»
«Na laß schon, ich gehe eben selbst, wenn ich mit der Wäsche fertig bin, brauche sie ja nur noch aufzuhängen.»
«Aufhängen? Wohin denn? Auf den Trockenboden kannst du sie nicht hängen», sagte der Mann und legte Brikett nach. Er sah aus dem Fenster. «Der Bechmeier, der Mistkerl, stellt doch ewig seinen Wagen vor dem Haus ab. Hätten wir nur keinen Parkplatz, dann könntest du den mal erleben, wie der die Klappe aufreißt.»
«Warum kann ich die Wäsche nicht auf den Boden hängen?» fragte die Frau. «Ist was Besonderes?»
«Na, Wolters haben doch für diese Woche den Boden.»
«Was?»
«Du bist erst nächste Woche dran.»
«So ein Schiet. Muß ich sie wieder ins Badezimmer hängen.»
«Dann hänge sie eben ins Badezimmer. Stört doch nicht.»
«Du hast leicht reden. Was kriege ich da schon rein. Braucht wieder acht Tage, bis sie trocken ist. Man kann sich im Badezimmer sowieso nicht umdrehen.»
«Reg dich wieder ab. Was willst du machen. Hausordnung ist nun mal Hausordnung, die habt ihr Frauen doch untereinander ausgehandelt.»
«Hausordnung, wenn ich das schon höre. Ich bin schließlich nicht den ganzen Tag zu Hause wie diese Wolters, die nicht weiß, was sie mit ihrer Zeit anfangen soll. Mußt dir der ihren Hintern angucken, wird immer breiter, wie ein Brauereipferd, und jetzt geht dieses Weib auch noch in kurzen Röcken. Daß die nicht merkt, wie ordinär das aussieht, na, mir soll's gleich sein. Und dann, hast du es gesehen, jetzt trägt sie

auch noch Netzstrümpfe, möcht nur wissen, wen sie sich noch angeln will . . . mit dem Hintern . . . natürlich, die ist ja auch ausgeruht, und ihrem Alten, dem armen Schwein, dem kann man den Wind durch die Backen blasen, der ist natürlich froh, wenn er seine Ruhe hat, wenn er nach Hause kommt, ach, ich könnte diese Sorte Weiber durch den Fleischwolf drehen.»

«Nützt doch alles nichts», erwiderte der Mann, «Hausordnung ist nun mal Hausordnung, damit basta.»

«Und der Bechmeier», giftete die Frau. «Hält der sich vielleicht an die Hausordnung. Warum stellt der dauernd seinen Wagen vor der Haustüre ab und nicht auf dem Parkplatz. Ist der was Besseres? Denkt wohl, weil er einen zwanzig TS fährt, kann er sich das erlauben. Gott, wenn wir wollten . . . aber wir wollen ja nicht, uns genügt der VW. Aber von euch Männern im Haus sagt keiner was, der Bechmeier könnte ja mal Abteilungsleiter werden . . . so ist das doch . . . aber beruhigt euch, dann wohnt er nicht mehr hier, dann hat er ein Haus für sich allein.»

Die Frau stopfte die geschleuderte Wäsche in einen Plastikeimer und verschwand damit im Badezimmer. Der Mann sah wieder aus dem Fenster und schüttelte den Kopf. Der Junge war die ganze Zeit still gewesen, er trocknete das Geschirr ab, stellte es in die Schränke. Ab und zu hörte man ein Klatschen, wenn die Frau die Wäsche im Badezimmer vor sich her glatt schlug.

Ach, was wissen die Weiber. Natürlich wird der Bechmeier Abteilungsleiter, natürlich zieht er dann hier weg, aber im Betrieb ist er nach wie vor. Und wenn der erst mal unsere Halle unter sich kriegt, dann geht es uns dreckig . . . warum soll man da noch 'ne große Fresse haben, jetzt, wegen des Wagens, wäre doch Wahnsinn, der schikaniert uns später ganz schön. Laß doch die Scheißkarre stehen, wo sie steht, vielleicht bricht sich einer daran das Genick. Ich würde lachen.

«Ich geh selbst, Zigaretten holen», sagte der Mann zu dem Jungen.

«Laß nur, Vati, ich muß sowieso noch gucken, was Kurt bei den Rechenaufgaben raus hat.»

«Na, meinetwegen.»

«Du kannst ja für Mutti einkaufen gehen.»

«Quatsch, soll selbst gehen.»

«Aber Mutti hat doch noch die Wäsche. Bis die fertig ist, sind die Läden zu.»

«Halb so schlimm, muß nicht jeden Tag einkaufen. Ich geh mal auf den Platz, vielleicht kann ich die Heizung selbst reparieren.» Der

Mann ging pfeifend aus dem Zimmer.
«Klaus, Klaus, komm her, schnell!»
Der Junge lief ins Badezimmer. Die Frau war beim Wäscheaufhängen vom Hocker gestiegen, mit einem Fuß in den leeren Plastikeimer, war festgeklemmt, stand hilflos, ein Bein auf dem Hocker, das andere im Eimer. Der Junge lachte und machte sie frei.
«Aber Mutti, sieht nicht gut aus, Elefantenfüße.»
«Du hast aber auch immer Ideen», sagte die Frau und strich ihm über das Haar. Der Junge hatte das nicht gern. Einmal hatte er gesagt: Laß das, das ist kindisch.
«Komm, wir gehen einkaufen», sagte die Frau.
Die Frau las in einem Selbstbedienungsladen von einem Zettel, den sie schon in der Fabrik beschrieben hatte, die Teile ab, die sie einholen mußte, und als sie die Liste heruntergeleiert und das Netz gefüllt hatte, schlenderte sie mit dem Jungen noch einmal durch den Laden, nur so, für nichts Bestimmtes, nur so, einmal gucken, ohne Ziel, ohne Müssen, nur so, die Dosen ansehen mit ihren appetitlichen Umklebungen, die Tiefkühltruhe, Mastgänse und Enten, nur so, nichts einkaufen, warum auch, man braucht es nicht, zu Weihnachten war Pute bestellt, hat siebenerlei Fleisch, warum dann Gänse, aus Polen, warum dann denen ihre Gänse, nichts unterstützen, was Unrecht ist, nur so, durchgehen und gucken, wie andere, die Zeit haben den ganzen Tag, wie die eine vor mir, die, ohne Rücksicht auf die Schlange hinter ihr, mit der Kassiererin über das Mädchen tratscht, das ein Kind bekam und keinen Mann hat. Nur so.
Sie trat mit dem Jungen auf die Straße, sie trugen das schwere Netz gemeinsam, und der Mercedesstern war über ihnen, wenn auch droben am Ruhrschnellweg, er rotierte blaulichtern über dem südlichen Viertel der Stadt, die man im Süden des Landes die schmutzige nennt.
Klaus hatte einmal abgestoppt: In sieben Sekunden dreht sich der Stern einmal um seine Achse, das sind in einer Minute sechzig geteilt durch sieben, in einer Stunde mal sechzig . . . ach Quatsch, der Junge hat immer solche Ideen.
Der Mann hatte im Wohnzimmer Feuer gemacht, es war heimelig warm, und alles roch plötzlich nach Wohnung und dem, was man zu Hause nennt.
«Muß das sein?» fragte die Frau. «Die Brikett werden immer weniger.»
«Na klar», lachte der Mann. «Mehr können sie doch nicht werden.»

Der Junge saß vor dem Fernsehapparat, Intermezzo, schaltete um, Mainzelmännchen, auch nichts Besonderes, ein Krimi, nur Familiengeschichten im trauten Heim, alles schon mal gesehen, alles schon mal dagewesen, alles schon mal ausgekotzt.
«Heizung ist wieder in Ordnung. Baudenzug hatte sich ausgehängt, war gar nicht schwer, hab den Weber geholt, der hat das gleich gehabt, der versteht was von Autos.»
«Gott sei Dank, mir hat schon vor morgen gegraut. Detlev, dann bring dem Weber aber auch gleich eine Flasche Bier.»
«Denkste, ich hab letzthin seiner Frau auch die Kohlen eingeschlagen, als er Nachtschicht hatte, ohne Flasche Bier.»
Die Frau hatte das Bügelbrett auf Tischkante und Fensterbank gelegt und bügelte vom Vortag übriggebliebene Wäsche auf.
«Willst du heute abend nicht Fernsehen gucken?» fragte der Mann.
«Mal sehen», sagte die Frau und stöhnte.
«Was hast du? Ist dir nicht gut?»
«Ach nichts, nur so ein Stechen im Rücken.»
«Hast du das öfter?»
«Seit ich an der neuen Maschine sitze. Da muß ich mich immer rüberbeugen beim Stanzen, wenn ich die Blätter unterschiebe.»
«Dann verschiebe doch den Sitz.»
«Hab ich schon versucht. Aber dann muß ich mich rüberbeugen beim Stanzen, das ist noch viel schlimmer.»
«Dann melde es doch mal eurem Abteilungsleiter.»
«Du redest wieder. Weißt doch, was die sagen. Die Maschine ist schon in Ordnung, nur wir nicht, wir haben immer was zu meckern, es gibt keine Arbeit, an der wir nicht rummeckern. Die Maschine ist schon in Ordnung, alles hat nun mal seine Kinderkrankheiten, in einem halben Jahr hat sich alles eingependelt.»
«Dann gehst du einfach mal zum Arzt, vielleicht verschreibt er dir eine andere Arbeit.»
«Du redest heute wieder wie der erste Mensch, als ob mir der Arzt eine andere Arbeit verschreiben könnte. Und wenn, solche, die der Arzt verschreibt, die gibt es im ganzen Betrieb nicht. Dann kannst gleich die Papiere nehmen.»
«Trotzdem gehst du mal zum Arzt, vielleicht ist es was Ernstes.»
«Vielleicht. Aber nicht vor Weihnachten. Dann sagen die wieder im Betrieb, ich bin zu Hause geblieben, weil ich mit meiner Hausarbeit nicht fertig geworden bin, haben sie das letzte Mal auch erzählt, ich habe den Waschfimmel, haben sie gesagt. Und ich hatte doch wirklich

eine schwere Erkältung, du weißt es.»
«Jaja», sagte der Mann.
«Klaus, du mußt aber jetzt ins Bett.»
«Ich geh schon, Mutti.»
«Klaus, deine Brote richte ich dir her. Wenn du morgen mittag nach Hause kommst, guck sofort nach dem Ofen in der Küche. Dann kannst du die Wäsche aufhängen, knüll sie nicht so zusammen, häng nicht zu viel auf die Leine, sonst reißt der Haken aus der Wand.»
«Ist schon gut, Mutti.»
Der Mann saß vor dem Fernsehschirm und sah Tagesschau, er rauchte und trank ab und zu Bier aus der Flasche.
Die Frau war mit dem Bügeln fertig geworden, sie setzte sich neben den Mann auf die Couch, nähte das lose gewordene Stoßband an der Hose ihres Mannes fest.
«Jeden Tag derselbe Quatsch», sagte sie mit einem Blick auf den Schirm. Sie ging noch einmal in das Zimmer des Jungen. «Schade», sagte sie, «er schläft schon. Wollte ihm sagen, er soll morgen von Tante Elli meine Schuhe mitbringen.»
«Schreib einen Zettel», sagte der Mann.
«Stellst du den Wecker?» fragte sie, als sie aus dem Kinderzimmer kam, wo sie für Klaus den Zettel unter die Glasscheibe des Nachttischkästchens geschoben hatte.
«Stell ich. Gehst du schon?»
«Ja, ich bin hundemüde. Weiß auch nicht, was mit mir los ist.»
«Daß du immer so schlapp bist. Nach Weihnachten mußt du unbedingt mal zum Arzt gehen . . .»
Der Mann rauchte, sah auf den Schirm, trank ab und zu aus der Flasche. Als die Spätnachrichten angekündigt wurden, schaltete er aus, nahm den Aschenbecher und entleerte ihn in den Aschenkasten des Küchenofens, ließ Wasser in den Aschenbecher, reinigte ihn mit zwei Fingern, trocknete ihn ab und stellte ihn auf die Fensterbank.
Er öffnete das Wohnzimmerfenster, ließ eine Zeitlang frische Luft in das Zimmer und das blaue Licht des Mercedessterns oben vom Ruhrschnellweg. Der Mann war zufrieden.
Die Frau schlief fest, sie atmete tief und gleichmäßig, als er das Schlafzimmer betrat. Er nahm ihr das Buch aus den Händen, löschte ihre Nachttischlampe, schaltete seine an, legte ein Taschentuch darüber, zog sich aus und nahm das Buch, das auf seinem Kästchen lag. Er las.

«Na, heute bist du ja pünktlich», sagte die Frau beim Einsteigen.
«Kunststück, die Straßen sind alle frei.»
«Was wird sich der Junge freuen, wenn wir pünktlich nach Hause kommen. Du, Detlev, du sollst nicht immer so lange lesen im Bett. Heute nacht bin ich aufgewacht, da hast du das Buch auf deinem Gesicht liegen gehabt, und die Lampe brannte. Das passiert jetzt aber oft.»
«Jaja», sagte der Mann und bog vom Ruhrschnellweg ab.
Der Junge öffnete ihnen.
«Schularbeiten habe ich schon gemacht. Wollte grade was essen. Das ist aber fein, daß ihr schon da seid.»

Der Igel

Kurz vor der Polizeistunde war es, an einem Freitag, da schwankte unser Wirt durch das Lokal, rempelte in seiner Bierseligkeit an Tische und Stühle und über Schultern einiger Gäste. Da seine Frau, die seiner Trunkenheit wegen bedienen mußte, seinen Anblick nicht mehr ertrug, bugste sie ihn behutsam durch die Schiebetür hinter der Theke in die Küche. Jetzt geht er endlich zu Bett, dachte ich beim Skat und bei einem Kreuz ohne Vieren. Der ist schlau, läßt seine Frau die ganze Arbeit machen, sie ist morgens kaputt und er ausgeruht. Den Kreuz ohne Vieren verlor ich mit sechzig Augen. Während sich meine Mitspieler noch über ihre Klugheit oder meine Dummheit freuten und das Spiel Stich für Stich kommentierten, erschien der Wirt noch einmal in der Schiebetür, mit weit aufgerissenen glasigen Augen; er wälzte sich hinter der Theke vor, und es schien, als ziehe er etwas hinter sich her. Dann stand er mitten im Lokal, schwankend, rülpsend, in seiner rechten Hand hielt er eine zwei Meter lange Stange, auf der Bauernmettwürste aufgereiht hingen. Er taumelte von Tisch zu Tisch und legte vor jeden Gast – es waren vielleicht noch fünfzehn bis zwanzig Männer im Raum – eine Wurst. Lallend sagte er: Da, ihr Igels, die sind von unserer Vierzentnersau. Damit ihr nicht verhungert.

Er schlachtet jedes Jahr zwei fette Schweine.

Die Gäste waren nicht, sie taten erstaunt und bedankten sich wortreich, sie kannten die ausgefallenen Ideen unseres Wirtes seit Jahren, sie steckten die Würste mit geheuchelter Freude ein, nahmen sie mit nach Hause, brachten sie aber am andern Tag zurück, oder sie behielten sie und bezahlten sie anderntags. Am nächsten Tag, als unser Igel wieder nüchtern war, schimpfte ihn seine Frau aus: Bist du verrückt geworden? Jetzt vor den Feiertagen einfach die Würste zu verschenken? Du machst uns ja pleite.

Igel ließ sich nicht aus der Ruhe bringen, er schlürfte seinen Kaffee, sah seine Frau dann vorwurfsvoll an und antwortete ihr: Was willst du eigentlich, die haben sich doch alle gefreut.

Warum unser Wirt Igel heißt? Ganz einfach: Jeden Gast spricht er mit du an und sagt: Na, du Igel, wie geht es dir? Bei einem Kegelabend überreichten ihm seine Kegelbrüder einen ausgestopften Igel, der steht jetzt, allen sichtbar, auf dem Flaschenregal hinter der Theke.

Walter Mühldorfer ist ein im landläufigen Sinne normaler Mensch, und doch ein ungewöhnlicher, unkompliziert und leicht durchschau-

bar und doch von einer erschreckenden Gerechtigkeit. Seine Gaststube ist nicht für jedermann, er sucht sich seine Gäste aus und verzichtet auf lockende Einnahmen, ist er mit den Redensarten oder der Nase des einen oder anderen Gastes nicht einverstanden. Zum Glück für seine Wirtschaft wohnen in unserer Gemeinde nur wenige, die seinen Vorstellungen nicht entsprechen. Unser Industriedorf, am östlichen Rande des Ruhrgebietes, zwischen Dortmund und Hamm, hat Erscheinungen, mit denen ein Fremder wenig oder gar nichts anzufangen weiß, die ihn höchstens erschrecken oder die er komisch findet. Diese erschreckenden oder komischen Gestalten sind unsere Invaliden, sie haben vierzig oder fünfzig Jahre auf der Zeche gearbeitet, und nun quälen sie sich an ihrem Lebensabend mit starker Silikose in der Lunge über die paar Jahre, die sie noch haben werden. Sie gehen jeden Tag und bei jedem Wetter spazieren, außer es ist Nebel oder ein Gewitter zu erwarten, dann liegen sie in ihren Betten und japsen nach Luft, und der Schweiß gerinnt, schon wenn er ausbricht, sofort zu Salz. Einmal am Vormittag, einmal am Nachmittag tapsen sie rund um den kleinen Wald oder sie stehen auf der Autobahnbrücke über die Autobahn Wuppertal–Kamener Kreuz und stieren mit eingefrorener Lüsternheit in ihren Gesichtern auf den nie endenden Verkehr hinunter. Wenn sie gegen Abend nach Hause gehen von ihrem Spaziergang und ihrer Langeweile, kehren sie beim Igelwirt ein, trinken zwei oder drei Steinhäger und zwei oder drei Bier. Unsere Invaliden, schlurfen durch das Gelände und durch die gleichförmigen Straßen unserer Siedlung oder über die Feldwege, sind sie, eng zusammen, ein Bild von Eintracht und Verlorenheit. Jeder hat einen Hund. Die Hunde stören das Bild nicht, sie runden es nur ab.
Einmal beschwerten sich gutzahlende Gäste – sie waren, von irgendeiner Konferenz kommend, in die Igelkneipe verschlagen worden – über die Horde Hunde im Lokal. Das wäre eine Schweinerei, das sei unästhetisch bis dort hinaus, wie einer sagte, und da bleibe einem ja das Würstchen im Halse stecken. Igel, klein, kaum einssechzig groß, rundes Gesicht und eine Stupsnase, wuchs beim Gerede der Fremden hinter der Theke zu einem Riesen, und er bekam, wie man so sagt, Eselsohren. Als die fremden Gäste weiterhin maulten und das Wort schweinische Wirtschaft fiel – dabei ist seine die sauberste weit und breit –, die Invaliden standen am Tresen und lächelten verlegen, trat der Wirt vor seine maulenden Gäste, die schon über hundert Mark Verzehr auf ihren Deckeln stehen hatten, und sagte leise: Die Hunde, meine Herren, gehören zu den Invaliden, und die Invaliden sind auch

Menschen und gehören in mein Lokal. Also, schrie er plötzlich, entweder ihr akzeptiert die Invaliden und die Hunde, oder ... oder ihr verlaßt mein Lokal. Die gutzahlenden Gäste warfen lachend das Geld auf den Tisch und gingen. Als sie draußen waren, an der Tür noch lauthals ihren Protest in die Gaststube schimpften, schrie der Igel ihnen nach: Haut bloß ab, ihr Igels! Ihr seid wohl vom Mops behopst. Sie kamen nicht wieder.

Damit war der Fall erledigt, keiner sprach mehr darüber. Ich gab Igel in einer nüchternen Stunde zu verstehen, mit seiner Art vergraule er auf die Dauer die zahlungskräftigsten Gäste. Aber er, so harmonisch unser Verhältnis seit Jahren zueinander auch ist, war plötzlich auf mich wütend, und er schrie mich an: Du Scheißkerl, hast du Gips im Hirn. So was nennst du Gäste? Wollen mir, mir in meiner Gaststube vorschreiben, was ich darf und nicht darf. Wo gibt's denn so was, die sind ja vom Mops behopst, die wollen mir meine Invaliden verscheuchen, wo gibt's denn so was. Diese aufgeblasene Gesellschaft soll bloß bleiben, wo der Pfeffer wächst. Diese Nazis.

Wer seine Ansichten nicht teilt, ist automatisch ein Nazi. In unserer Wirtschaft hat dieses Wort keinen politischen Hintergrund, es verkörpert nur die Tatsache, anders zu sein, als der Igel will. Der Igel lehnt jede Art von Diktatur ab, aber ich habe den Verdacht, nur deshalb, weil es nicht seine eigene Diktatur ist.

Die zehn Invaliden verzehren, wenn es hoch kommt, in einem Monat das, was die rausgeworfenen Gäste in einer Stunde auffahren ließen, aber Igel verzichtet auf solche Gäste um der Invaliden willen, die ein Leben lang in 800 Meter Tiefe unter Tage gearbeitet haben. Er fühlt sich ihnen verbunden, obwohl er niemals ihre Arbeit, die Schwere und Gefährlichkeit dieser Arbeit kennengelernt hat. Vor vielen Jahren einmal war er mit einer Delegation von Landtagsabgeordneten eingefahren, ein guter Freund hatte ihn dazwischengeschmuggelt. Sein Kommentar, als er wieder Sonne sah: Nicht für fünftausend im Monat möchte ich da arbeiten.

Igel trinkt gern, er trank von Jugend auf und immer viel über den Durst, und darum hatte er ständig Streit mit seinem Vater, der im Alkohol das Ende der Welt sah. Als Igel gar ein Mädchen aus der Soester Börde zur Frau nahm, durfte er sich zu Hause nicht mehr blicken lassen, er wurde ohne viele Worte aus der Familie entlassen – denn seine Frau war katholisch. Bei diesen festgesessenen Westfalen ein Verbrechen. Igel nahm das nicht weiter tragisch, er zog ins Ruhrgebiet, arbeitete einige Jahre in einem Hüttenwerk, lebte sparsam, trank überhaupt nichts mehr, pachtete später diese Wirtschaft, weil seine Frau nach dem Tod ihrer Tante einige Tausend mit in die Ehe brachte, und erwarb sie nach fünf Pachtjahren als sein Eigentum. Er stotterte noch ein wenig an den Hypotheken und Zuschüssen der Brauerei, aber das macht ihm nichts aus. Heutzutage muß das so sein, sagt er. Jeder feine Mann hat Schulden. Schulden heben das Ansehen. Der Wirtschaft gegenüber wohnte, als sein erstes Kind geboren wurde, eine Witwe unbestimmbaren Alters, von der man nicht wußte, woher sie kam, was sie einmal war; die Nachkriegszeit hatte sie in unser Dorf verschlagen. Zu dieser Frau, sie lief wie eine Vogelscheuche herum, und die Kinder hatten Spaß und spotteten hinter ihr her, fühlte sich Walter hingezogen. Sie war für ihn so eine Art Mutterersatz. Die alte Dame entschuldigte bei ihm alles, sogar sein übermäßiges Trinken, und als Igels Frau in das Krankenhaus eingeliefert werden mußte, hing Igel nur noch am Telefon, schweißgebadet, und er kam alle paar Minuten über die Straße gelaufen, um schreiend in den dritten Stock hinauf zu berichten, wie weit es mit der Geburt sei. Natürlich war er nicht mehr nüchtern.

Nachts um zehn schrie er zum erstenmal: Frau Bäuerlein, Tante Emmi, es ist bald soweit, die Wehen kommen schon alle vier Minuten.

Ja, Walter, beruhige dich, antwortete die alte Dame von oben gelassen.

Eine halbe Stunde später stürzte er auf die Straße und schrie: Frau Bäuerlein, Tante Emmi, es ist bald soweit, die Fruchtblase ist schon geplatzt.

Ja, Walter, beruhige dich, antwortete die alte Dame von oben gelassen.

Wieder eine halbe Stunde später schrie er zu der alten Dame hinauf: Frau Bäuerlein, Tante Emmi, der Kopf ist schon da, die Schwester sagt, es wird ein Junge.

Ja, Walter, jetzt nur ruhig, ist ja alles gut geworden, antwortete die alte Dame von oben gelassen.

Dann lief Walter tanzend durch die stille Straße, wo die Frauen hinter den Gardinen standen, ihn beobachteten und über ihn lachten. Unterdessen bedienten sich die Gäste im Lokal selbst. Aber als das Krankenhaus die Nachricht durchgab, es sei ja nun doch ein Mädchen, da fiel Walter um. Er hatte sich schon immer ein Mädchen gewünscht.

Alle hatten sie seinen Dialog mit Tante Emmi gehört, die Wirtschaft stand drei Tage offen, niemand wußte, wo Igel sich herumtrieb, und als er doch am vierten Tag seine Frau im Krankenhaus besuchte, einen riesigen Blumenstrauß in seinen zittrigen Händen, da wollten ihn die Schwestern nicht hineinlassen, denn auf zehn Meter stank er nach Alkohol. Er fegte sie weg und schrie: Ihr seid wohl vom Mops behopst, ihr Igels. Die Schwestern holten den dicken Masseur, sie fürchteten, Walter werde in den Raum eindringen, in dem die Säuglinge schliefen.

Unser Wirt hat einen Hund, einen Chow-Chow, der schläft mit seinem Herrn im Bett, und seine Frau sagt jedem, der es hören will: Mein Mann frißt nichts ohne den Hund. Und nachts? fragen die Gäste. Sie sagt lachend: Da muß ich erst den Hund fragen. Wer unsern Wirt kennt, der weiß viel über unser Dorf, über das der sechzig Meter hohe Förderturm der Zeche in den Himmel ragt wie eine zum Abschuß bereite Rakete oder wie der Zeigefinger Gottes, wie ein schwedischer Kollege, der einmal zu Gast war, sagte. Die surrenden Räder auf dem Schachtgerüst zirpen an den Fensterscheiben, und der Staub legt sich sofort auf die frischgewaschene Wäsche, als müßte es so sein, als sei das von Alters her zum Gesetz erhoben, nach dem sich unsere Frauen hier zu richten haben. Der Staub bestimmt auch weitgehend ihren Tagesablauf und ihr Verhalten untereinander.

In der Igel-Kneipe treffen sich der Fußballverein, der Kegelclub «Gut Holz» und der Brieftaubenverein «Weit Flug». Es ist natürlich, daß es nicht ohne Streit abgeht. Aber unser Igel steht, ob nüchtern oder betrunken, über all diesen Dingen, er schlichtet in seiner Art; Politiker könnten zu ihm in die Lehre gehen. Die Gäste sagen: Wenn der Igel das macht, dann ist es schon in Ordnung.

Als das zweite Kind kam, eine lebensgefährliche Geburt, mußte seine Frau vier Wochen im Krankenhaus bleiben. Igel brachte sein Erstgeborenes zu seiner Schwiegermutter nach Soest und machte alles alleine, allerdings nur bis 22 Uhr. Dann war er betrunken. Er forderte die Gäste auf, sich selbst das Bier zu zapfen, selbst die Schnapsflaschen hervorzuholen und einzuschenken. Ihr wißt ja, wo die Sachen zu finden sind, sagte er, setzte sich an einen Tisch und schlief. Niemand betrog, jeder machte selbst seinen Strich auf den Bierdeckel, und die Gäste schlossen nachts um eins die Wirtschaft ab und brachten Igel zu Bett – samt seinem Hund Axel. Der Hund stört nie, er ist einfach da.

In der Igelkneipe verkehren auch viele kanadische Soldaten von der nicht weit entfernten Garnison. Sie sind die einzigen Uniformierten

ausländischer Mächte, bei denen ich weder Ressentiments noch Haß gegenüber Deutschen festgestellt habe, sie kamen auch verhältnismäßig spät nach Deutschland, Mitte der fünfziger Jahre. Sie sammeln in den zwei Jahren, wo sie in Deutschland Dienst tun – sie haben, wie sie sagen, einen very good job – alles, was Kitsch und was deutsch ist, sie sind in ihrer für unseren Geschmack schreienden Zivilkleidung gern gesehene Gäste, sie spielen mit unseren Kumpels, ohne ein Wort deutsch zu verstehen, glänzend Skat, sie sind gern gelitten, ordentliche Gäste. Manchmal muß ich dolmetschen, aber nur manchmal.
Das gute Verhältnis war nicht immer, nicht von Anfang an. Vor einigen Jahren gab es lauten Streit, der ging in unsere Chronik als Bierkrieg ein.
Die Kanadier sind es in ihrer Heimat gewöhnt, Bier auf ihrem Tisch vorgesetzt zu bekommen, das wir hier Nachtwächter nennen. Der Wirt, der hierzulande ein solches Bier zapfen sollte, der würde entweder verprügelt, oder aber seine Kneipe würde ignoriert. Unsere Kanadier bekamen von unserem Wirt ein besonders sorgfältig gezapftes Pils vorgesetzt, auf der Schaumkrone hätte getrost ein Fünfmarkstück oben bleiben können. Welch ein Erschrecken, als plötzlich die Kanadier Krach schlugen und zu verstehen gaben, sie wären betrogen worden. Es gab Streit, es gab sogar Schlägerei, und der Kommandant wollte die Kneipe zum Off limit erklären lassen. Da besann sich unser Igel, er holte einen Soldaten, der etwas von dem Geschäft verstand, hinter die Theke, befahl ihm, den Hahn laufen zu lassen. Roy, wie er hieß, zapfte stundenlang für seine Kameraden und für die deutschen Gäste, aber es gelang ihm nicht, das Bier zu zapfen, wie er es aus seiner Heimat gewohnt war. Von da ab tranken die Kanadier Pils mit einer im Glas ein Drittel bemessenen Schaumkrone – nun war es selbstverständlich, und sie waren selbst darüber entsetzt, daß sie sich vorher über das ihrer Ansicht nach schlecht eingeschenkte Bier hatten erregen können.
Jetzt, wenn unsere Kanadier nach zwei Jahren abgelöst werden, erzählen sie ihren Kameraden in Hamburg am Kai – werden sie eingeladen, die anderen ausgeladen – was es mit unserem Bier auf sich hat. Kommen neue Soldaten, und das weiß der Wirt vier Wochen vorher, betreten sie das Lokal und sagen: Beer. You see! Dabei spreizen sie Daumen und Zeigefinger vier bis fünf Zentimeter auseinander. Der Igel lacht. Wenn er betrunken ist, schlägt er manchmal einem Kanadier auf die Schulter und sagt: Ihr seid schon in Ordnung, ihr Igels, ihr seid nicht vom Mops behopst. Die Kanadier grinsen und sagen:

All right!
Die Igelwirtschaft im Dorf ist die SPD-Kneipe, hier treffen sich die Gemeinderatsmitglieder der SPD-Fraktion und der Vorstand. Natürlich verlaufen sich Schwarze, wie die CDU-Leute hier genannt werden, in die Igelkneipe. Dann beginnen die Frotzeleien. Ortsfremde würden vermuten, hörten sie die nicht gerade zarten Worte und Anspielungen, es müßte sich um einen ausgewachsenen Streit handeln. Dem ist nicht so. Unser Dorf hat zwar 10000 Einwohner, aber jeder ist jedermanns Nachbar. Kommt es dennoch einmal zu ernsthafter Auseinandersetzung, wo das Politische nur Vorwand für voraufgegangene private Querelen abgibt, springt Igel zwischen die Streitenden, streckt die Arme weit aus, wie ein energischer Schiedsrichter auf dem Fußballplatz, und schreit: Ruhe, ihr Igels. Damit wir uns klar verstehen: CDU sind auch Menschen. Pause. Dann: Wenigstens in meiner Kneipe.
Sind die Gemüter so erhitzt, daß selbst Igels Autorität nichts fruchtet, springt Walter auf einen Tisch, haut mit den Absätzen Takt wie ein Steptänzer und singt: Aber der Nowak läßt mich nicht verkommen! Spätestens nach der ersten Strophe singen alle mit. Drei Tischplatten haben diese Schlichtungen schon gekostet. Walter sagt von sich: Ich bin der geborene Demokrat. Aber er lehnt Diktatur in Wirklichkeit nur ab, weil es nicht seine Diktatur ist. Vor einem Jahr hatte ich einen Korrespondenten der Moskauer Prawda zu Besuch, natürlich wollte auch der einmal sehen, wie es in einer Ruhrgebietskneipe zugeht. Also ging ich mit Grigorowitsch zum Igel.
Anfangs waren sowohl Igel als auch seine Gäste abwartend, sie wußten mit dem strohblonden Russen, der ein fehlerfreies Deutsch sprach, nichts anzufangen. Zwar sagte Igel mehrmals zu den Gästen, die den bösen Kommunisten provozieren wollten – nur so zum Spaß, versteht sich –: Laßt doch den Schiet, Kommunisten sind auch Menschen. Aber die Stimmung in der Kneipe blieb gespannt, und ich fürchtete, es werde einen unerquicklichen Abend geben.
Als Igels Frau die Bedienung am Tresen übernahm, setzte sich Igel zu uns. Selbstverständlich brachte er drei Schnäpse mit auf seine Rechnung. Wir unterhielten uns, erst über das Wetter, dann über das Bier, dann über Wodka, dann über Moskau. Im Verlauf der Unterhaltung ergab sich folgendes: Igel war einige Jahre in russischer Kriegsgefangenschaft gewesen, mein Gast aus Moskau in deutscher einige Jahre. Weiter ergab sich, Grigorowitsch lebte in dem Stadtteil Moskaus, zu dem Igel damals die Steine schleppte und wo er Gräben für die

Wasserleitung aushob. Ein Meter siebzig sollten die Rohre verlegt werden; Igel gestand dem Russen, sie hätten die Gräben nur siebzig Zentimeter ausgehoben, schließlich mußten sie ja ihr Soll erfüllen. Und seine Arbeitsbrigade habe das Soll immer erfüllt.

Schweigen.

Saboteur, rief plötzlich mein Gast. Deshalb platzen dauernd im Winter die Wasserleitungen. Saboteur.

Grigorowitsch sprang auf, Igel ebenfalls. In der Wirtschaft konnte man eine Stecknadel fallen hören, so war die Spannung gewachsen, alle glotzten auf die beiden. Mein Gast schrie ein paar Worte russisch, Walter antwortete ebenfalls russisch. Grigorowitsch schrie russisch, Walter antwortete ebenfalls in Russisch, sie sprangen in die Mitte des Lokals, standen sich gegenüber, alle glaubten, jetzt werde es einen handfesten Skandal geben. Wohin ich sah, schreckensbleiche Gesichter. Die beiden gingen in die Hocke, schlugen sich mit der flachen Hand in den Nacken, tanzten, schrien sich an, tanzten plötzlich einen Krakowiak ohne Musik, wie ich ihn vorher niemals sah.

In wenigen Sekunden bildete sich ein Kreis um die beiden, alle klatschten Takt, einen hektischen Rhythmus, als hätten es unsere Leute von Jugend auf gelernt. Karl Siebert, von dem man wußte, daß er viele Platten mit russischer Volksmusik besaß, wurde weggeschickt, sie zu holen, und bis zum Morgen gab es in der Kneipe nur russische Lieder, und einige waren so betrunken, daß sie zu den schwermütigen Weisen weinten.

Am Morgen waren wir alle volltrunken. Grigorowitsch und Walter küßten sich am Morgen, sie schreiben sich noch heute in unregelmäßigen Abständen. Seit dieser Nacht hängt ein Spruch über der Theke: Lieber Gast, Kommunisten sind auch Menschen.

Wie gesagt, Walter lehnt jede Diktatur ab, solange sie nicht seine eigene Diktatur ist – auch eine Art von Demokratie, wie mir scheint. Ein Besuch in unserer Kneipe lohnt sich – besuchen Sie uns doch mal, sie liegt zwischen Dortmund und Hamm, Sie werden sie nicht verfehlen, denn Sie wissen doch: Unser Wirt lehnt jede Diktatur ab, solange es nicht seine Diktatur ist. Das ist immerhin etwas, darüber läßt sich reden.

Im Tal des Todes

Ich war Zeuge, am 3. August 1968, in der Zeit zwischen 16 und 17 Uhr.
Ort: Das ehemalige Konzentrationslager Flossenbürg in der Oberpfalz.
Wetterlage: Leicht bewölkt, Windstille, 28 Grad im Schatten. Ein katholischer Geistlicher führte eine Reisegruppe von 20 Leuten – 12 Männer, 8 Frauen – sie alle waren zwischen 30 und 40 Jahre alt, durch das ehemalige Lager und erklärte ihnen, wie das Lager damals war, er führte die Gruppe in das «Tal des Todes», wo die Asche Tausender erschossener und umgekommener Häftlinge begraben liegt, er ging mit den Leuten am ehemaligen Krematorium vorbei, er ging mit ihnen in die Kapelle oberhalb des Tales, in der Nähe eines restaurierten Wachtturmes. Sie traten nacheinander ein. Ich schloß mich der Reisegruppe an, als gehörte ich dazu, die Erklärungen des Pastors hatten mich neugierig gemacht, ich verfolgte aufmerksam, was er den Leuten sagte.
Der Pastor ist, wie ich später erfuhr, 65 Jahre alt, er hat in den Jahren 1943–45 täglich die Schüsse aus dem Tal des Todes gehört, er war damals Ortsgeistlicher in Flossenbürg.
In der kleinen Kapelle, die vor Jahren von einstigen Häftlingen errichtet worden war, insbesondere von Franzosen, sind an den Wänden Wappen der Länder, von wo die Häftlinge kamen, unter dem Wappen eine Zahl: die Toten der betreffenden Nationalität, und im sogenannten Altarraum ist ein Holzkreuz. Unter dem Holzkreuz sind geschnitzte Figuren in Originalgröße. Unter dem rechten Querbalken eine Frau, die schützend den Arm um ihr Kind hält, unter dem linken Querbalken ein am Boden liegender Häftling, auf den ein anderer Häftling mit einer Peitsche einschlägt.
Die Erklärung des Pastors: Die Frau versinnbildlicht die Ehefrau oder Mutter, die, allein gelassen, weil der Mann oder Vater ins KZ gekommen war, ohne staatliche Unterstützung für sich und die Existenz ihrer Kinder sorgen mußte.
Bei der Darstellung der linken Gruppe, so sagte er weiter, sei er froh darüber, daß nicht das Klischee vom schlagenden SS-Mann verwendet worden sei, sondern der Tatsache Rechnung getragen wurde, daß Häftlinge auf Häftlinge eingeschlagen haben. Das sei zwar traurig, aber es entspricht der historischen Wahrheit. Seine Darstellung, seine Deutung: Der schlagende SS-Mann ist ein Klischee, der Häft-

ling, der auf einen anderen Häftling einschlägt, ist die historische Wahrheit.
Ich gebe zu, daß ich in diesem Moment den vollen Sinn dessen, was der Pastor sagte, nicht begriff, ich hörte einfach interessiert zu, wie die 20 Leute der Reisegruppe auch zugehört haben, aber der junge Mann, ein achtzehnjähriger Primaner, der mich nach Flossenbürg begleitet hatte, rief plötzlich in die Stille der Kapelle: Nun hören Sie doch auf! Das ist ja ungeheuerlich, was Sie da sagen.
Ich erschrak.
Zwanzig Köpfe schnellten herum. Entsetzte Gesichter. Der Pastor sah auf den Zwischenrufer, vielleicht so, als habe ihn jemand in der Kirche bei der Zelebrierung des Abendmahls gestört. Ich stieß Georg in die Seite und zischte ihm zu: Sei doch still, mach doch hier keinen Stunk, das ist nicht der Platz dazu.
Georg erwiderte laut, so daß es alle hören mußten: Nein, da kann man nicht mehr still sein, das ist wirklich ungeheuerlich, was der Pastor sagt, das grenzt doch schon an Volksverhetzung. Er entstellt die Tatsachen, bewußt oder unbewußt, das ist jetzt Nebensache.
Georg zwängt sich durch die Reisegruppe, er ging auf den Pastor zu. Die Leute empörten sich, es fielen Worte wie: Langhaariger Affe, Lümmel, Flegel, ungezogen, Kommunist . . .
Georg stellte sich vor den Pastor hin. Der Pastor stand eine Stufe höher. Es ergab sich folgender Dialog.
Georg: Sie sagen, Herr Pastor, Häftlinge haben auf Häftlinge eingeschlagen.
Pastor: Ja, das stimmt.
Georg: Haben Häftlinge auch Häftlinge erschlagen oder erschossen?
Pastor: Das ist mir, ehrlich gesagt, nicht bekannt.
Georg: Ist Ihnen aber dann bekannt, daß Häftlinge nicht auf Häftlinge eingeschlagen hätten, wenn hinter ihnen nicht ein SS-Mann gestanden hätte, der sie gezwungen hat, zu schlagen, weil sie sonst selbst geschlagen oder erschlagen worden wären.
Pastor: Wahrscheinlich hätten sie dann nicht geschlagen.
Georg: Und weiter. Hätte hinter dem Häftling ein SS-Mann gestanden, wenn hinter dem SS-Mann nicht ein unmenschliches System gestanden hätte, ein System, das Verbrechen nicht bestrafte und verurteilte. Im Gegenteil, das System hat Verbrechen und Sadismus belobigt und dafür Orden verteilt.
Pastor: Wahrscheinlich hätten dann Häftlinge nicht auf Häftlinge eingeschlagen.

Georg: Warum sprechen Sie dann von Klischee.
Pastor: Aber es ist doch . . .
Georg: Sie selbst bauen doch schon wieder ein neues Klischee auf. Die Leute hier, die Sie führen, müssen doch, aufgrund Ihrer Erklärungen, zu dem Schluß kommen, daß die Häftlinge damals nur von ihresgleichen drangsaliert worden sind. Sonst hatten sie wahrscheinlich den Himmel auf Erden.
Pastor: Das wollte ich aber damit nicht gesagt haben.
Georg: Sie haben es aber gesagt, und Sie haben vergessen zu sagen, daß die Häftlinge, die geschlagen haben, von der SS, dem verlängerten Arm des Systems, gezielt ausgesucht worden sind, daß die Schläger Kriminelle waren oder aber auch Menschen, die vor lauter Angst alles taten, wenn man ihnen nur versprach, daß sie morgen oder übermorgen oder irgendwann einmal frei sein werden.
Pastor: Das mag stimmen.
Georg: Und da kommen Sie und sprechen von Klischee, Leuten gegenüber, die dieses Lager als Kurpark wiederfinden. Na, ich danke. Ich hätte es einem alten Nazi, für den der Krieg unglücklich verloren wurde, noch zugetraut . . . aber Ihnen? Man lernt nie aus. Wie heißt es doch? Liebe deinen Nächsten.
Mein Begleiter drehte sich um, ging an mir vorbei und sagte: Kommen Sie, diese Leute sterben nicht aus, weil sie dafür sorgen, daß Nachwuchs in Massen ihre Geisteshaltung übernimmt.
Wir gingen zum Ausgang. Dort blieben wir stehen und warteten, bis die Besuchergruppe mit dem Pastor kam. Die Leute gingen an uns vorbei zum Parkplatz. Sie stiegen nacheinander in den Bus, der ein Kennzeichen aus Weiden hatte. Die Leute sahen uns nicht an. Der Pastor stieg als letzter ein, er drehte sich, bevor die Tür zuschnappte, noch einmal um. Er nickte uns zu, er hatte, wie man so sagt, ein nachdenkliches Gesicht.
Georg sagte zu mir, als der Bus längst abgefahren war: Wieviel Reisegruppen mag der wohl schon durch dieses Lager geführt haben, denen er dasselbe erzählte. Sie haben doch gehört, das war geleiert, das war auswendig gelernt. Und die Leute fahren nach Hause und sind bestärkt in dem Glauben, daß doch alles nicht so schlimm gewesen ist, schlimm wurde es durch die Häftlinge selbst. Nicht die SS und das System waren die Sadisten, nein, es waren die Inhaftierten selbst, und sie sagen sich insgeheim, daß wahrscheinlich doch was dran war, diese Leute einzulochen, so unschuldig konnten die doch nicht gewesen sein. Sehen Sie, nach dreißig Jahren gibt es keine

Wahrheit mehr, nur noch Vermutungen, nur noch Legenden.
Ich gebe zu, daß ich erst anfing zu überlegen, als wir schon im Auto saßen und auf der B 15 Richtung Hof fuhren.
Wenn ich nun allein gewesen wäre und hätte mich der Reisegruppe angeschlossen, wahrscheinlich hätte ich an den Ausführungen des Pastors nichts auszusetzen gehabt, denn er hatte ja auch nicht die Unwahrheit gesagt, nur eben die halbe historische Wahrheit. Diese Menschen, sagte Georg immer wieder, daß die nicht aussterben. Warum ist er damals nicht in das Tal des Todes gegangen und hat sich vor einen Häftling gestellt, der erschossen werden sollte, wo er doch seinen Bruder lieben soll wie sich selbst. Aber sein Bruder damals war wahrscheinlich ein Russe oder ein Jude oder ein Tscheche und ein Kommunist und ein Bibelforscher und ein Landesverräter und ein Homosexueller und vielleicht auch ein Geistlicher, der es mit der Nächstenliebe zu genau genommen hat. Ach, Worte, nichts als Worte.
Seit damals habe ich mir dauernd überlegt, wie dieser junge Mann zu diesen Worten und zu solch einem Handeln gekommen ist, wie er es fertig brachte, den Pastor zur Rede zu stellen, er, der damals noch nicht geboren war, er, der in seiner Familie keinen Betroffenen hat. Vielleicht sollte man öfter mit jungen Leuten verreisen, an Stätten des Grauens, in Täler des Todes fahren, mögen sie nun Flossenbürg heißen oder Verdun oder Stalingrad. Es gibt ja, nach meinen ganz persönlichen Erfahrungen, immer nur zwei Gruppen, die an Orte dieser Vergangenheit reisen: diejenigen, die selbst einmal da einsaßen, gequält wurden, um sich wieder einmal an das Grauen zu erinnern, und die sich dann freuen können, dieser Hölle entkommen zu sein; die anderen sind die Neugierigen, die interessenlos Interessierten, für die solche Orte Stationen eines programmierten Tourismus geworden sind. Die dritte Gruppe, der Georg zugehört, ist selten, nämlich die, die an solchen Stätten des Grauens nicht mehr das Verbrechen und nicht mehr die Zahlen sieht, die sich vielmehr fragt, wo die Ursachen liegen, die zur Errichtung solcher Stätten des Grauens und der Vernichtung geführt haben.
Am nächsten Sonntag sind wir beide nach Neustadt an der Waldnaab gefahren, haben uns in die Kirche gesetzt. Der Pastor hielt eine Predigt. Er sprach von der Erkenntnis, über einen Text aus der Bibel, über Lukas Kap. 24, Vers 29, wo es heißt: Und sie nötigten ihn und sprachen: Bleibe bei uns, denn es will Abend werden, und der Tag hat sich geneigt. Und er ging hinein, um bei ihnen zu bleiben.

Urlaub am Plattensee

Dieser Sommer ist eine Hure, sagte der junge Mann neben mir. Er sagte es leise, aber doch so bestimmt, daß ich es hören sollte.
Ich nickte. Ich sah ihn an.
Der junge Mann blieb neben mir und sprach vertraulich, als wären wir längst gute Bekannte. Er war etwas größer als ich, schlank, aber kräftig, seine rotblonden Haare hingen über den Hemdkragen. Der junge Mann sprach auf mich ein, er redete über das Wetter, über die Wassertemperatur, über das Essen im Hotel, über den Wein, der ausgezeichnet sein soll, aber zu viel dürfe man nicht trinken, am nächsten Morgen habe man einen schweren Kopf. Berliner war er nicht, wenngleich er einzelne Worte berlinerte. Ich konnte ihn nicht einordnen, aber was sagt das schon, wir kennen ja kaum einen Dialekt von drüben, außer einem verzerrten Sächsisch. Allmählich ging mir das Gerede des jungen Mannes auf die Nerven, ich hatte ihn nicht gerufen, er hatte sich mir aufgedrängt, aber er wird wieder gehen, wenn er merkt, daß mich sein Gerede nicht interessiert.
Palatonfürid am Plattensee war ein kleines Nest, aber sauber, mit einem gepflegten Badestrand und einer Anlegestelle für größere Schiffe, die zweistündig im Pendelverkehr den See überquerten, und von meinem Hotel «Roter Stern» bis zum Badestrand waren es nur zwei Minuten zu Fuß. Ungeniert konnte man sich im Hotelzimmer zum Baden umziehen, man warf einfach den Bademantel über und lief hinunter zum See, wo man sich von einer erhöhten Bohlenabgrenzung einfach ins warme Wasser plumpsen ließ. Man brauchte auf niemanden Rücksicht zu nehmen, hier war es gut, hier war man vor Bekannten sicher, Dortmund war weit. Dieser Sommer war wirklich eine Hure, wie der junge Mann sagte. Einen Tag war es stickend heiß, am nächstfolgenden regnete es, und die Temperaturen sanken so ab, daß es einen fror. Das Hotel war nicht geheizt. Das Wasser jedoch hielt seine 28 Grad, deshalb badeten an kühlen Tagen mehr Menschen als an heißen.
Waren Sie schon auf der Halbinsel Tihany? fragte mich der junge Mann. Ich verneinte. Es lohnt sich, sagte er, und er sprach das Wort aus wie die Ungarn: Thihaiiin!
Ich werde einmal rüberspazieren, sagte ich und hoffte, ihn endlich loszuwerden. Aber er ging weiter neben mir bis zum Strand, und am Ufer angekommen, warf ich meinen Bademantel über das Geländer und sprang, ohne mich vorher abzukühlen, ins Wasser. Ich dachte:

Jetzt bist du ihn endlich los. Aber als ich wieder aufgetaucht war, sah ich, daß sich der junge Mann auf eine der vielen Bänke gesetzt hatte, meinen Bademantel neben sich; er sah über das Wasser. Ich schwamm zum Steg und nahm mir einen der vielen Autoreifen, ich legte mich darauf und ließ mich treiben, ich planschte vom Ufer weg auf die Schiffsanlegestelle zu. Ich dachte mir, daß es so bleiben müßte. Es war einfach schön.

Die Barockkirche von der Halbinsel Tihany leuchtete schmerzhaft grell, und ich dachte, es wäre gut, einmal auf die Halbinsel zu fahren, der junge Mann hatte vielleicht recht, auch meine Freunde in Budapest hatten mir zugeraten, warum nicht, wenn man schon einmal hier ist, warum nicht, wer weiß, wann ich wieder einmal hierher komme, vielleicht überhaupt nicht mehr, wer weiß. Ich hatte an der Rezeption im Hotel einen Prospekt gelesen, es hieß da, man habe von der Insel aus einen weiten Blick über den See, und meine Freunde in Budapest hatten mir geraten, ich möge mich einfach auf eine Bank an der Kirche setzen und nur über das Wasser schauen, ich werde da viel zu sehen bekommen.

Aber Budapest war weit, es war mir schon unwahrscheinlich geworden, daß ich dort 14 Tage im Auftrag meiner Dortmunder Firma verhandelt hatte, mit Erfolg, worauf ich stolz war. Und doch waren es nur zwei Stunden Autofahrt.

Hier am See ließ es sich gut sein, nach hier sollte man einmal mit der Familie fahren, ein Paradies für Kinder – nur baden, vor sich hindösen, faul und fauler werden, an nichts denken, vielleicht nur daran, daß das hier niemals aufhören wird.

Im Urlaub hat man seltsame Gedanken.

Die Reisegesellschaft, zu der der junge Mann gehörte, lief über den Steg, offensichtlich wollte die Gruppe auf das Schiff an der Anlegestelle. Der Reiseleiter, ein eleganter Mann, etwa Mitte Vierzig – ich war ihm schon etliche Male im Hotel begegnet, wir hatten aber kein Wort miteinander gesprochen, hatten uns nur zugenickt – sprach den jungen Mann auf der Bank an. Der junge Mann schüttelte mehrmals und heftig den Kopf, ich paddelte näher und hörte noch, wie der Reiseleiter sagte: Es schließt sich keiner aus. Alle fahren mit. Ich nicht, sagte der junge Mann, ich werde so leicht seekrank, auch auf glattem Wasser.

Komm jetzt, faule Ausrede. Du willst nur mit dem Knilch aus Westdeutschland durch die Gegend juckeln. Der Ford sticht dir wohl den Hintern!

Wieso denn? fragte der junge Mann. Hast du was gegen Ford? Ich nicht. Du weißt genau, daß es nicht gern gesehen wird, wenn . . . Ach hör doch auf, erwiderte der junge Mann wütend.
Sie drehten mir beide den Rücken zu, ich hörte nur noch Gemurmel, kein klares Wort mehr, aber schließlich ging der junge Mann doch mit, und ich stellte mich schlafend, als sie über den Steg gingen, dicht an mir vorbei. Ich blinzelte: Der Reiseleiter sah auf mich runter, der junge Mann geradeaus über den See.
Das abfahrende Schiff schlug Wellen bis an das Ufer, ich wurde hochgetragen, zurückgeworfen, hochgetragen. Es war ein warmer und stiller Vormittag, und alles war so nah.
Mittags aß ich, wie all die Tage vorher auch, allein an einem Tisch nahe der Tür zur Küche, ich blätterte im «Neues Deutschland», las aber nicht. Die Reisegesellschaft betrat mit Verspätung das Restaurant, die Leute liefen im Gänsemarsch an ihre Tische durch die Pendeltür, keiner grüßte, einige sahen mich nur an wie einen, der zum ersten Mal hier ißt, nur der Reiseleiter nickte mir freundlich zu, nuschelte etwas von warmen Stunden, der junge Mann sah über mich hinweg.
Als der Kellner den Nachtisch brachte und ein Glas Plattenseer Riesling, beugte er sich zu mir und sagte leise: Ihr seid komische Menschen. Da sind Sie der einzige aus Westdeutschland und sprechen nicht mit denen aus DDR.
Ich sah ihn direkt an, etwas verwirrt, denn der Ober hatte es bislang immer vermieden, auch nur ein Wort mit mir zu sprechen, das über Bestellung und Bedienung hinausging.
Ist es nicht eher umgekehrt, sagte ich.
Nein. Er fegte mit der Serviette Krümel von der Tischdecke. Ein einzelner sucht Anschluß an dreißig, nicht dreißig an einen einzelnen. Ich antwortete, lauter als ich wollte: Ich will allein sein, will meine Ruhe haben. Lesen Sie doch mal den Prospekt Ihres Hauses, da steht nämlich, daß jedem Gast größtmögliche Ruhe zugesichert wird.
Der Ober grinste, ich war versucht, ihn zu ohrfeigen, er sagte: Sie haben natürlich recht, völlig recht.
Dann ging er in die Küche.
Der junge Mann saß drei Tische weiter, ich sah nur sein Profil, ich hatte den Eindruck, er vermied es absichtlich, zu mir herüberzusehen, und ich saß noch einige Minuten ratlos, dann las ich doch «Neues Deutschland».
Am Nachmittag regnete es, das Fenster meines Zimmers hatte ich

offen gelassen, es war unerträglich schwül geworden, Gewitterfliegen klebten an den Wänden, krochen mir übers Gesicht, und als ich mich auf das Bett werfen wollte, vielleicht um zu lesen, vielleicht um zu dösen, da klopfte es.
Entschuldigen Sie bitte die Störung, sagte der junge Mann, darf ich reinkommen?
Sie sind ja schon drin, sagte ich und wies auf einen Sessel.
Heute nachmittag wäre die richtige Zeit, auf die Halbinsel zu fahren, aber bei dem Regen . . . was meinen Sie, könnte man bei dem Regen fahren? Man könnte schon. Aber was soll man bei Regen auf der Halbinsel. Vielleicht hört es bald zu regnen auf, sagte der junge Mann schnell, und er fügte hastig hinzu: Sie sind auf Urlaub hier? Darf ich rauchen? Rauchen Sie ruhig, auf dem Tischchen liegt eine Packung.
Ich setzte mich ihm gegenüber.
Wollen Sie ein Glas Wein trinken? Oder Kaffee? Ich klingelte dem Etagenkellner.
Der Nachmittag scheint nun doch verpfuscht . . . und ob ich Urlaub mache? Wissen Sie, ich hab es nicht gerne, wenn man mich ausfragt.
Es ist ja auch kein Ausfragen . . . wissen Sie . . . ich dachte nur . . . es ist ja ziemlich ungewöhnlich, wenn man welche aus Westdeutschland trifft . . . einzeln, meine ich . . . die kommen doch auch immer in Gruppen . . . wie wir. Und dann hier am Plattensee . . . ist doch ungewöhnlich, nicht?
So, finden Sie. Ich sah ihn an, überlegte, wann er wohl zum letzten Mal beim Friseur gewesen sein mochte, und wunderte mich etwas darüber, wie Langhaarige von dort ins Ausland durften. Aber vielleicht durften sie und nur unsere Zeitungen schreiben, daß sie nicht dürfen, wie überhaupt vieles nicht zutraf, hier, oder in Budapest, was unsere Zeitungen schreiben, daß es so ist. Ich hatte in Budapest zu tun, sagte ich, geschäftlich. Freunde dort haben mir hier das Hotel vermittelt. Ich mache ein paar Tage Urlaub. Ist das so ungewöhnlich?
Welche Strecke fahren Sie denn, wenn Sie wieder nach Dortmund zurückfahren . . . daß Sie aus Dortmund sind, steht ja an Ihrem Auto . . . das Kennzeichen meine ich . . . und dann . . . in so einem Hotel spricht sich so was ja rum.
Über Graz, sagte ich. Der junge Mann fiel mir auf die Nerven und interessierte mich doch.
Graz? Da möchte ich auch mal hin. Schöne Stadt.
Weiß nicht, kenne sie nur vom Durchfahren.
Der Kellner brachte eine Flasche Wein, entkorkte sie auf meinem

Zimmer und schenkte ein. Als er gegangen war, fragte der junge Mann: Sagen Sie, ist die Grenze nach Österreich auch so stark abgesichert wie unsere nach Westdeutschland?
Abgesichert? Ich glaube ja, aber so genau kenne ich mich da nicht aus, ich kenne nur die Grenzübergänge. Die sind allerdings abgesichert, wie Sie sagen.
Soso, sagte er, wir tranken, er rauchte.
Und wo sind Sie rübergekommen? fragte er wieder und sah zur Decke, er stieß Rauchkringel in den Raum, sie verflogen sofort wieder.
Sobron. Das ist das frühere Ödenburg.
Soso, Sobron. Sagen Sie, ist da auch ein fünf Kilometer langer Sperrgürtel?
Sperrgürtel? Ja, ich glaube ja, denn ich bin nochmal kontrolliert worden unterwegs.
Dann ist auch ein Sperrgürtel, sagte der junge Mann bestimmt. Und Minengürtel ist da auch? Er sah mich an.
Ich ging zum Fenster. Draußen trommelte der Regen gleichmäßig auf das Vordach. Ich schloß das Fenster und trat vor den jungen Mann und fragte: Wo kommen Sie denn her? Berlin?
Berlin? Sehe ich so aus? Nein, Oranienburg.
Wohl die ganze Reisegesellschaft aus Oranienburg.
Aber, aber, jetzt fragen Sie mich aus. Er lachte. Nein, kommen von überall her, Neubrandenburg und weiß der Kuckuck wo, in Berlin war nur die Sammelstelle für den Bus.
Er griff wieder nach meinen Zigaretten, ohne zu fragen, ich fand das vernünftig, es ersparte Floskeln. Und doch war mir seine Selbstverständlichkeit zuwider, denn seine Selbstverständlichkeit war aufdringlich. Ich wollte allein sein, wollte es ihm sagen, sagte dann aber nur: Schön ist es hier am Plattensee, so ruhig. Da kann man noch Urlaub machen, ich meine, was man unter richtigem Urlaub versteht.
Ja, schön. Am Rhein muß es jetzt auch schön sein.
Sicher, sagte ich, aber Dortmund liegt nicht am Rhein.
Er stand auf und lief etliche Male durchs Zimmer, ich beobachtete ihn, er wollte etwas sagen, das merkte ich, aber er traute sich wohl nicht, oder er suchte nach einem einleitenden Wort.
Bei euch drüben ist es wohl jetzt Mode geworden, in Ostblockländer zu reisen. Er stand vor mir, sah mich an.
Mode? Ich weiß nicht. Naja, es ist halt so, was man nicht kennt, das interessiert am meisten. Oder? Die meisten reisen doch aus Neugier-

de, nicht weil sie sich erholen wollen. Ich finde das übrigens gar nicht so verkehrt.
Er nickte, mir war, als habe er überhaupt nicht zugehört, er fragte: Sagen Sie . . . der Minengürtel . . . ich meine . . . Sie wissen schon, der zwischen Ungarn und Österreich . . . ist der auch so breit wie der zwischen der DDR und . . . ich meine . . . Sie wissen schon . . . Es klopfte. Bevor ich Herein rufen konnte, öffnete sich die Tür und der Reiseleiter trat verlegen lächelnd ins Zimmer, er stotterte: Entschuldigen Sie bitte . . . Herr . . . Herr . . . ach Peuckert . . . da bist du ja . . . entschuldigen Sie bitte die Störung . . . Peuckert, ich hab dich schon überall gesucht . . . wir wollen unten im Restaurant ein bißchen gemütlich beisammen sitzen . . . bei dem Regen . . .
Ich komme schon. Der junge Mann drehte sich um, blieb eine Sekunde unter der Tür stehen, ging dann.
Entschuldigen Sie bitte nochmals die Störung, sagte der Reiseleiter. Der Kellner hat mir gesagt, daß Peuckert bei Ihnen ist. Entschuldigen Sie bitte nochmals die Störung. Er stolperte durch die Tür in den Flur.
Ich stellte mich wieder an das Fenster und trank die Flasche Wein leer. Der Regen hörte so plötzlich auf, wie er gekommen war, die Sonne stach gleich darauf schmerzlich, das Vordach dampfte, die Halbinsel blieb hinter einem Dunstschleier, der aus dem See aufstieg. Ein schrecklich schönes Bild.
In einem Sommer, der eine Hure ist, wie der junge Mann sagt, muß man die schönen Stunden ausnützen, keine Sekunde Sonne sollte man vergeuden. Ich zog mich um und schlenderte die Straße entlang, die zur Halbinsel führte; ich blieb öfter stehen und staunte über die gleichmäßigen Zeilen der Rebenstöcke, die links und rechts der Straße wie mit dem Lineal gezogen mannshoch standen. Ich habe immer nur Reben gesehen, Stücke, Weinfelder, Weingärten, ich überlegte plötzlich, wie wohl Wein blüht, ob er überhaupt blüht, ob gleich Trauben wachsen, da plötzlich begegnete ich Peuckert und dem Reiseleiter, sie kamen mir entgegen, und der Reiseleiter sprach heftig und gestikulierend auf den jungen Mann ein. Peuckert nickte nur immer vor sich hin, und beide bemerkten mich erst, als ich mit ihnen auf gleicher Höhe war. Ich grüßte, sagte: Nun ist es doch noch schön geworden. Es wird einen warmen Abend geben.
Beide waren, wie mir schien, etwas verwirrt, aber der Reiseleiter sagte schnell: Ja, wird auch Zeit, schließlich haben wir für Sonne bezahlt und nicht für Regen, den haben wir zu Hause kostenlos. Peuckert kam über die Straße zu mir, er blieb einen Schritt vor mir

stehen, er sagte: Heute abend machen wir eine Lampionfahrt auf dem See, mit Tanz und so. Wie ist's? Wollen Sie nicht mitkommen?
Aber Peuckert, ich bitte dich, das ist doch nichts für den Herrn . . . Herrn . . . Sie sind doch bestimmt schon anderweitig belegt, sagte der Reiseleiter, und er kam ebenfalls auf mich zu.
Nein, ich habe noch nichts anderes vor, ich würde da ganz gerne mitmachen, wenn's erlaubt ist.
Dann kommen Sie doch einfach mit, sagte Peuckert. Um acht fährt das Schiff ab. Kreuzfahrt auf dem Plattensee. Vielleicht wird es ganz lustig.
Aber Peuckert, bitte, du kannst doch nicht wildfremde Leute einladen, was sollen da die andern sagen, das geht doch nicht, weil . . .
Aber selbstverständlich komme ich mit, sagte ich. Danke für die Einladung. Hätte wahrscheinlich Trübsal in meinem Zimmer geblasen oder mich vollaufen lassen, was ja dasselbe ist . . . ja, das kommt davon, wenn man allein in Urlaub fährt . . . aber ich will Sie nicht aufhalten, ich will auch noch ein paar Kilometer laufen. Tut gut, die Luft nach dem Regen.
Bis zur Halbinsel? fragte Peuckert.
Vielleicht.
Wir nickten uns zu, gingen in entgegengesetzte Richtungen, einen Kilometer weiter beobachtete ich einen Weinbauern, der schnitt an Stöcken herum, band Stöcke fest. Ich wollte zu ihm gehen, ihn fragen, ob auch Wein blüht, und wenn er blüht, wie die Blüten aussehen, welche Farbe sie haben. Aber ich ging nicht, ich blieb auf der Straße, der Weinbauer war so mit seiner Arbeit eins, daß er mich nicht bemerkte. Schließlich setzte ich mich auf einen umgesägten Straßenbaum, rauchte, sah, wie sich langsam der Dunst von der Halbinsel hob, wie nach und nach das andere Ufer aus dem Wasser wuchs. Da rief der Weinbauer etwas, es galt mir, er wies auf etwas, ich sah nichts, er schrie wieder, er drehte mir den Rücken zu, wies nun mit beiden Armen auf das andere Ufer, aber ich sah wieder nichts, er drehte sich mir zu, er stand etwa hundert Schritte weiter im Feld, er schrie mir etwas zu, ich nickte, ich schämte mich plötzlich und wußte nicht warum. Dann ging ich nach Palatonfürid zurück.
Ich schlenderte durch den weitläufigen Ort, an respektablen Villen vorbei, die offensichtlich aus der KuK-Zeit übriggeblieben waren, denn so viel wußte ich mittlerweile, daß dieser Ort früher einmal bevorzugtes Feriengebiet für Prominente und Reiche gewesen war, in einer Zeit, die heute schon gar nicht mehr wahr ist.

Manchmal begegneten mir Leute aus Peuckerts Reisegruppe. Ich grüßte, sie nickten mir zu, freundlich, einige lachten, aber sie sprachen kaum etwas, höchstens im Vorübergehen, daß es wohl einen lauen Abend geben wird. In einer Anlage sagte eine alte Frau, sie mochte über siebzig sein, zu mir: Na, junger Mann, auch etwas die Füße vertreten?
Jaja, man muß den Sommer ausnützen. Die Sonne macht sich rar.
Und für diese Rarität habe ich tausend Mark bezahlt, sagte die Frau.
Viel Geld für einen launischen Sommer, sagte ich, und als ich einen anderen Weg laufen wollte, rief sie mir nach: Sie veranstalten ja heute abend eine Party. Auf dem Schiff.
Ich weiß, sagte ich.
Ja von wem denn? Sie sah mich an.
Im Hotel gehört.
Ach so, im Hotel gehört.
Ich bin eingeladen.
Eingeladen? Von wem denn?
Von Herrn Peuckert.
Von Peuckert? Ach so, jaja.
Ist was? Mit Herrn Peuckert, meine ich.
Nein nein, was soll denn sein. Ein netter junger Mann. Aber die Haare könnte er sich mal schneiden lassen. Wissen Sie, ich finde das ungerecht, da müssen die Frauen immer eine Badehaube aufsetzen, wenn sie ins Wasser gehen, dabei haben sie die Haare viel kürzer als die jungen Männer, das finde ich ungerecht.
Ich auch, sagte ich, und hatte Mühe, nicht zu lachen.
Sie kommen aus Dortmund? fragte die alte Dame. Wissen Sie, ich seh das an Ihrer Autonummer, wissen Sie, mein Enkel kennt alle Autonummern auswendig, auch die von Westdeutschland, deshalb weiß ich das, nicht daß Sie denken, ich bin neugierig.
Schön hier am Plattensee, sagte ich.
Wissen Sie, ich bin aus Berlin, aus Weißensee. Da ist es auch immer sehr laut, müssen Sie wissen, unter meiner Wohnung hält immer die Straßenbahn, und Störungen gibt es auch manchmal im Fernsehapparat, mein Schwiegersohn sagt, das kommt von den Oberleitungen, vom Anfahren, wissen Sie . . . kennen Sie Weißensee?
Ja, flüchtig, war schon mal da.
Sie fahren wohl sehr oft in den Osten.
Ja, sehr oft, sagte ich.
In Kultur?

Nein, in Industrie.
Aber nun mußte ich doch lachen, und die alte Dame lachte mit, und als wir an die Kreuzung vor das Hotel gekommen waren, da lief die alte Dame einfach weg. Ich wollte hinter ihr herrufen oder herlaufen, ich überlegte, ob es fein ist, einer alten Dame hinterher zu laufen. Ich ließ es.
Vor dem Hoteleingang stand der Reiseleiter. Er lachte mich an.
Ich hätte ihn gern einmal in Badehosen gesehen.
Na, hat es noch bis zur Halbinsel gereicht? fragte er.
Nein, es wäre sonst zu spät geworden für die Party.
Party? Er sah mich an.
Ja, Party, ich meine heute abend, auf dem Schiff.
Ach so . . . jaja . . . Er ging in die Hotelhalle, ich auf mein Zimmer. Kaum aber war ich auf meinem Zimmer, besuchte mich Peuckert. Er ließ sich in einen Sessel fallen, rauchte wieder ungeniert meine Zigaretten, er fragte auch nicht, ob er mir lästig sei, er saß da und rauchte, und er fragte mich wieder aus, über die Grenze, über Österreich, wie hoch der Schilling steht, ob man in Österreich gut lebt, ob es dort auch schon so eine neue Nazipartei gibt.
Ich schwieg zu allem; einmal, weil mir nie klargeworden war, was er wirklich wollte, mit seinen Fragen herauszufinden suchte, oder ob er einfach nur daherplapperte, wie eben zwei, wo der eine aus dem Osten kommt, der andere aus dem Westen. Ich kannte die Gespräche, bis zum Überdruß, seit Jahren, nach Möglichkeit ging ich ihnen aus dem Weg, aber das war nicht immer möglich, doch wenigstens hier im Urlaub wollte ich davon verschont werden, ich hatte keine Lust, mit einem fremden Menschen Dinge zu besprechen, die zu nichts führten.
Peuckert war mir zuwider.
Sie fahren viel in Ostblockländer? fragte er mich.
Ja, viel. Ich suchte mir ein sauberes Hemd aus dem Koffer.
Und Sie haben an der Grenze nie Schwierigkeiten? fragte er.
Schwierigkeiten? Nein, warum. Ich halte mich an die jeweils geltenden Regeln und Gesetze, ich bin höflich, dann sind es die anderen auch.
Und Sie werden nie kontrolliert?
Natürlich werde ich kontrolliert, das gehört ja wohl zu einer Grenze und zur Wichtigkeit der Leute, die eine Grenze kontrollieren.
Werden Sie so richtig gefilzt? Mit Koffer auspacken und allem Klimbim?

Peuckert brachte mich allmählich in Rage, ich sagte kurz: Ich habe keine doppelten Böden in meinen Koffern, aus Schmuck macht sich meine Frau nichts.
Und wie sind die Ungarn? fragte er wieder.
Wie anderswo auch: korrekt. Die Kontrollen in England sind viel gründlicher.
Peuckert rauchte wieder eine meiner Zigaretten, er sagte: Ich weiß, Sie sind wütend auf mich, weil ich so viel frage, aber es interessiert mich, es interessieren mich Leute, die von woanders herkommen. Übrigens, wir können jetzt auch Westzigaretten kaufen, aber die sind zu teuer, nur sonntags kaufe ich mir manchmal eine Packung, dann sagt meine Mutter aber gleich, ich sei vom Westen behext, aber sie meint es nicht so, sie sagt immer, rauch nur, wenn es dir schmeckt, Hauptsache, du kannst es dir leisten . . . naja . . . ich hab sonst keine Hobbies.
Sagen Sie mal, fragte ich ihn, was gibt es denn heute auf dem Schiff, ich meine, so mit Tombola oder Überraschungen . . . ich meine . . .
Hören Sie auf, Sie wissen doch, wie so was abläuft, bei Ihnen wird das nicht anders sein: Auf Kommando drei vier sind wir alle lustig und haben keine Sorgen mehr . . . drei vier, ein Lied. Wissen Sie, und wenn jeder sein Quantum Alkohol drin hat, dann sind sie auch ohne Kommando fröhlich.
Oder laut, sagte ich.
Ja, oder laut . . . ich finde Reisegesellschaften schrecklich, aber was soll man machen, will ja auch mal was anderes sehen, nicht.
Ja, ich finde sie auch schrecklich. Ich stülpte mir das frische Hemd über.
Diese Reisegesellschaften hängen mir zum Hals raus, wir sind doch schließlich erwachsene Menschen, es kann doch jeder seine eigenen Wege gehen, ich sage immer, gemeinsam fahren, getrennt laufen, aber dauernd soll man auf einem Haufen zusammenbleiben, da wird mal was besichtigt, da wird mal was gefeiert, verdammt, warum kann nicht jeder hingehen, wo er will, mit jedem sprechen . . . Sie können das, sagte er, mit und ohne Reisegesellschaft.
Ich hab was gegen Reisegesellschaften, antwortete ich, aber nicht im politischen Sinne, wenn Sie vielleicht meinen, ich hab ganz einfach was gegen Reiseleiter.
Ja, fauchte Peuckert, man sollte alle Reiseleiter ins kalte Wasser werfen, einen festen Tritt in den Hintern vorher.
Ihrer hat es wohl besonders gern, wenn Sie mit mir sprechen.

Ach der, hören Sie bloß auf, der hat doch gegen alles was, nicht weil Sie aus dem Westen kommen. Wissen Sie, wenn die Sonne scheint, dann will er Regen, wenn es regnet, flucht er auf den Regen, wenn wir baden wollen, dann will der was besichtigen. Es gibt nun mal solche Leute.
Ja, sagte ich, Wichtelmänner gibt es überall.
Aber ganz ungefährlich ist unser Wichtelmann nicht.
Er will wohl nicht, daß ich mit Ihnen spreche, erwiderte ich.
Unsinn, da dürfen Sie sich nicht dran stören. Zu Hause hat er wahrscheinlich nichts zu sagen, da hat wahrscheinlich seine Frau die Hosen an, ich kenne ihn ein bißchen. Na, dann will er doch wenigstens unterwegs was zu sagen haben . . . wissen Sie, ich hab mir schon mal überlegt, so Reiseleiter müssen doch alle eine verfahrene Ehe haben . . .
Wieso denn?
Naja, wer will schon dauernd von zu Hause weg . . . aber kommen Sie mal heute abend mit aufs Schiff, vielleicht wird es doch lustig.
Peuckert ging, er kam noch einnal zurück und sagte: Sie sind der einzige hier im Hotel, der nicht zur Reisegruppe gehört, wäre ja gelacht, wenn man Sie ausschließt, Sie gehören doch einfach dazu.
Meinen Sie? fragte ich. Beim Essen sitze ich auch immer allein.
Das liegt an Ihnen, sagte Peuckert, setzen Sie sich doch einfach zu uns an einen Tisch, keiner wird Sie fressen.
Umgekehrt geht es doch auch. Warum kommen Sie nicht an meinen Tisch, na, geht das nicht?
Ja, wissen Sie, so leicht, wie Sie sich das vorstellen, ist das nun wieder nicht, da gibt es nämlich welche, die fürchten Schwierigkeiten, wenn sie wieder zu Hause sind, dann . . .
Das Zimmermädchen brachte mir frischgebügelte Hemden, Peuckert wollte noch etwas sagen, aber er ging.
Es wurde eine gemütliche Bootsfahrt, sogar eine lustige, die Leute brauchten dazu nicht viel Alkohol, sie waren ausgelassen, auch ohne Kommando, ohne drei vier, besonders die älteren amüsierten sich. Der See lag ruhig, die Lichter des Schiffes spiegelten sich im Wasser, und weit weg, wie ein Feuer, glühte die angestrahlte Kirche auf der Halbinsel.
Ich dachte mir: Jetzt muß unbedingt jemand einen schmutzigen Witz erzählen oder unvermutet ein obszönes Wort schreien, sonst wird hier noch alles tränenrührig, aber niemand erzählte einen Witz, wir prosteten uns zu, und plötzlich stimmte einer das Lied an, bei dem ich

mir sonst die Ohren zuhalte: Warum ist es am Rhein so schön. Das Lied war wie eine Erlösung.
Der Reiseleiter war während des ganzen Abends nicht von meiner Seite gewichen, manchmal fragte er mich, wie teuer bei uns die Butter ist, wieviel der Kaffee kostet und wie hoch die Mieten sind, was man sich so von seinem Verdienst leisten kann, er stufte mich in die Klasse derer ein, die es hierzulande gut haben, nur weil ich einen großen Wagen fuhr.
Ich gab bereitwillig Auskunft, ich beschönigte nichts, ich lobte nichts, ich gab nur Zahlen, und oft war es mir nicht möglich, Preise zu nennen, schließlich kauft meine Frau ein. Es war eine sonderbare, eine oft kindische Unterhaltung: Stellte sich heraus, daß ein Artikel bei ihnen billiger war, freuten sie sich wie beschenkte Kinder, ergab sich bei ihnen ein höherer Preis, dann sagte der Reiseleiter: Bei uns wird es langsam besser. Und die anderen nickten.
Es stimmte mich etwas traurig, denn ich klagte sie weder an, noch verteidigte ich mich, ich sagte nur, was ich wußte, und auch das nur, weil sie mich danach fragten.
Als wir vom Boot gingen – es war kaum zu glauben, aber einige sangen immer noch, warum es am Rhein so schön ist – da ging plötzlich wieder Peuckert neben mir, er, der während des ganzen Abends auf dem Schiff weit von mir an einem Tisch saß, wo es am lautesten war, wo am meisten gesungen wurde. Er fragte mich: Sagen Sie mal, wird denn an der ungarischen Grenze auch geschossen? Ich meine, die Grenze nach Österreich, ich meine, wenn es vielleicht einem einfallen sollte zu türmen, Sie wissen schon, was ich meine, so Verrückte soll es ja geben.
Tut mir leid, Herr Peuckert, ich weiß das nicht.
Wir tranken noch bis zum frühen Morgen, erst im Restaurant, und als das um zwei Uhr geschlossen wurde, auf meinem Zimmer. Der Wein war gut und schwer, zuletzt war Peuckert so betrunken, daß er mir das Du anbot: Prost, du alter Cowboy!
Und als er das gesagt hatte, stürzten vier der Reisegruppe in mein Zimmer, ebenfalls nicht mehr nüchtern, sie prosteten mir zu, sie brachten eine neue Flasche mit, sie tranken aus der Flasche, sie ließen die Flasche reihum gehen, auch ich trank, und draußen auf dem Flur grölten immer noch einige:
Warum ist es am Rhein so schööööön . . .
Endlich gingen sie, nur Peuckert saß noch da und stierte, das Weinglas in beiden Händen, auf den Fußboden. Ich schubste ihn an, ich

sagte ihm, er soll gehen, denn ich wolle mich schlafen legen, da sprang er auf und schrie: Man sollte noch einmal von vorne anfangen, ganz von vorne, jung genug bin ich.
Ja, aber wahrscheinlich nicht alt genug, sagte ich. Aber bitte, fangen Sie an. Ich lallte nun ebenfalls, schickte ihn aus dem Zimmer. Dann fiel ich betrunken auf mein Bett.
Die folgenden drei Tage war ich ausschließlich mit Peuckert zusammen, der Reiseleiter hielt sich zurück, auch die anderen der Gruppe übersahen uns, kehrten wir gemeinsam ins Hotel zurück. Es gab genug Abwechslung, ein neuer Bus mit neuen Leuten war angekommen, aus Rostock, und vor dem Hotel sah ich eines Abends einen großen Chevrolet mit kanadischem Kennzeichen. Peuckert und ich kümmerten uns weder um die Gruppe, der er angehörte, noch um die Neuhinzugekommenen, wir fuhren Tagesausflüge, auf die Halbinsel, wir fuhren einmal um den ganzen See, wir spazierten auf geschotterten Wegen, durch Weinfelder, und wir saßen in Weinstuben irgendwo. Peuckert sah zufrieden aus, er fragte mich nicht mehr über Grenzen aus und nicht mehr über Österreich, manchmal nur sagte er, so nebenbei, daß man alles hinter sich lassen müsse, den Mut haben müsse, neu anzufangen. Er erläuterte nie, was er darunter verstand, ich fragte ihn auch nicht danach, ich wußte aus Erfahrung, daß man im Urlaub solche Stimmungen hatte, sie bedeuteten nichts. Aber einmal, wir waren mit dem Wagen in die Pußta gefahren, da sprach er plötzlich von Grenzen und wie sie zu überwinden wären. Ich stoppte, sah ihn an. Da erzählte er mir, er erwäge, von hier nach Österreich zu türmen, bevor der Reisebus nach Berlin abfahre. Nein, er wolle nicht in den Westen, nicht zu uns an den Rhein, er wolle nach Österreich.
Ich sagte: Lassen Sie das, Sie sind doch kein Selbstmörder.
Das sagen Sie mir? Sie raten mir ab?
Ja, ich rate Ihnen dringend ab.
Das sagen Sie mir, einer aus dem Westen? Ich verstehe Sie nicht.
Es kann natürlich jeder tun und lassen, was er will, antwortete ich ihm, und ich sah ihn dabei an, aber trotzdem rate ich Ihnen ab. Es ist mir völlig gleich, was Sie von mir denken, aber für Selbstmörder habe ich noch nie was übrig gehabt.
Ich denke über Sie gar nichts, sagte er. Fahren Sie weiter, fahren Sie nach Palatonfürid zurück, ich hab die Nase voll, auch von Ihnen.
Wir sprachen bis zum Hotel kein Wort, vielleicht waren es zwei Stunden Autofahrt, vielleicht auch nur eine, Peuckert rauchte auch keine mehr von meinen Zigaretten, er rauchte, soweit ich mich

entsinne, überhaupt nicht, er hatte nur das Seitenfenster heruntergedreht und ließ seinen rechten Arm hinausbaumeln, und manchmal hielt er die flache Hand gegen den Fahrtwind.

Erst hatte ich die Absicht, ihm zu erläutern, was ich unter Selbstmördern verstehe, ließ es dann aber, mir fehlten die Worte, vielleicht stimmte es auch nicht, was ich ihm sagte, vielleicht hatte ich nur so dahergeredet, Worte, ohne etwas Bestimmtes sagen zu wollen. Peukkert stieg aus dem Wagen, noch bevor ich richtig gehalten hatte. Eine ältere Frau trat auf ihn zu, sie sagte aufgeregt: Herr Peuckert, da sind Sie ja . . . Sie sollen zum Reiseleiter kommen . . . er hat schon den ganzen Nachmittag nach Ihnen suchen lassen . . . wo waren Sie denn?

Auf dem Mond . . . entschuldigen Sie . . . was will er denn?

Weiß ich nicht, er hat nur von einem Telegramm geredet, er hat nach Ihnen suchen lassen, er ist sehr aufgeregt.

Peuckert lachte mich über die Schulter an. Wichtelmänner sterben nie aus, sagte er, man sollte sie alle . . . bis nachher.

An diesem Abend besuchten mich Geschäftsfreunde aus Budapest unangemeldet, sie standen plötzlich im Zimmer, drei Männer, eine Frau. Es gab noch viel zu bereden, was bei den Besprechungen in Budapest vergessen worden war oder aber zu bereden keine Zeit blieb. Wer ein Geschäft machen will, muß geduldig sein; ich war geduldig, ich hatte von meiner Firma den Auftrag, geduldig zu sein. Die vier fuhren spät nach Mitternacht zurück, sie verabschiedeten sich überschwenglich, mit Umarmungen und Küssen – beides war mir zuwider. Aber was sollte man tun: nicht unhöflich sein, geduldig bleiben. Ich war zum Umfallen müde, wollte erst noch in das Restaurant hinunter, ich hörte da noch Lachen und Singen, aber ich legte mich schlafen, unfähig, mich auszuziehen.

Der folgende Morgen versprach einen heißen Tag. Ich ließ mir Zeit. Im Frühstücksraum waren nur noch zwei Tische besetzt, ich setzte mich an den Tisch der zwei jüngeren Frauen, die mich die letzten Tage immer von weitem gegrüßt hatten. Sie saßen vor Tagen auch während der Bootsfahrt neben mir, lachten am meisten über Witze und Witzloses.

Na, schon alle weg heute? Ist ja so leer hier.

Es wird ein schöner Tag werden, sagte die Blonde. Und die andere: Es wird heute keinen Regen geben.

Sie sprachen so eigenartig hohl, sie sahen an mir vorbei, sie lachten nicht.

Ist Peuckert schon weggegangen? fragte ich. Oder schläft er noch? Das wird doch wohl nicht wahr sein, er weiß doch, daß wir heute eine lange Tour machen.
Die beiden Frauen löffelten verbissen ihre Eier aus dem Glas, sie sahen an mir vorbei, sie saßen steif, die Blonde sagte: Nein.
Regen wird es heute keinen geben, aber es wird sehr heiß werden. Was sind das bloß für komische Tuken, dachte ich, haben wahrscheinlich schlecht geschlafen, oder sie brauchen einen Mann.
Die andere fragte: Reisen Sie auch bald wieder ab?
Ja, übermorgen, leider.
Und die Blonde fragte: Besuch gehabt gestern?
Ja, Besuch gehabt gestern, sagte ich, und ich wünschte mir beide Weibsbilder zum Teufel. Ich fragte: Sagen Sie . . . wissen Sie, ob Herr Peuckert schon gefrühstückt hat? Wir wollten doch . . . vielleicht gehe ich mal auf sein Zimmer.
Wir wissen nicht, wo er ist, sagte die Blonde, und sie löffelte aus ihrem Glas, aus dem es nichts mehr zu löffeln gab.
Dann saß ich allein am Tisch, die beiden waren ohne Gruß gegangen, ohne auch nur ein verbindliches Wort zu sagen, nicht was sie vorhatten, nicht, ob wir uns heute abend wiedersehen. Der Ober begann schon, die Tische für das Mittagessen herzurichten, wir wechselten ein paar Worte, belangloses Zeug, über das Wetter natürlich, über die konstante Wassertemperatur, und er sagte, das sei der schlechteste Sommer, den er am Plattensee erlebt habe.
Ja, dachte ich, es ist immer der schlechteste Sommer, ob am Plattensee oder an der Nordsee. Ich hatte plötzlich Lust, meine Koffer zu holen und wegzufahren, nach Hause vielleicht, vielleicht nach Graz, soll eine schöne Stadt sein.
Plötzlich war niemand mehr zu sehen, nicht im Restaurant, nicht vor dem Hotel, nur das Mädchen in der Rezeption schrieb in ein dickes Buch, ich wollte es erst ansprechen, blätterte dann aber in Zeitungen und Zeitschriften, in denen ich kein Wort lesen konnte. Das Mädchen sah mich einmal an, aber ich blätterte weiter.
Ich fragte: Ist Herr Peuckert auf seinem Zimmer?
Das Mädchen sagte – und es schrieb weiter –: Nein, Peuckert ist nicht auf seinem Zimmer.
Ich ging langsam zum See hinunter, ich langweilte mich, es war niemand zu sehen, auch nicht am Ufer, auch nicht am Steg, wo sonst viele stehen und angeln oder über den See starren. Ich kehrte um, zum Hoteleingang, aber auch da war niemand, ich langweilte mich,

der See brannte in der Sonne, das Land war flach, ich wollte abreisen, was sollte ich hier, was habe ich überhaupt hier gewollt, Geschäftsfreunde aus Budapest hatten mir das Hotel aufgeschwatzt, ich war geduldig, ich nahm an, sie sagten, ich müsse mich unbedingt noch ein paar Tage erholen, ich blieb geduldig, ich fuhr hierher und erholte mich, und jetzt plagte mich die Langeweile, und ich fragte mich, ob man sich erholen kann, wenn man sich langweilt. Das ist doch Unsinn.
Ich schlenderte ziellos durch den Ort, ich betrachtete mir die Anlagen, an denen ich so oft vorbeigegangen war, und wunderte mich, daß ich sie so gut gepflegt gefunden hatte, ich ging an Läden vorbei und wunderte mich, daß ich da eingekauft hatte, und dann begegnete ich plötzlich doch welchen von Peuckerts Reisegruppe, und ich hatte das Gefühl, sie suchten mir auszuweichen, wenn sie mich kommen sahen. Sie sahen an mir vorbei, oder sie machten sich auf einmal an Sträuchern zu schaffen, zupften Gräser aus den Rosenbeeten, sprachen laut miteinander über die Art der Blumen oder ihre Eigenarten. Mir war, als hätten sie sich alle abgesprochen, nicht mit mir zu sprechen, mich nicht zu sehen, ich bemerkte, wie einige mich kurz anschielten, und eine Frau hörte ich sagen: Der lacht auch noch. Mich konnte sie nicht gemeint haben, denn ich lachte nicht, aber ich fühlte doch mit beiden Händen mein Gesicht ab. Ich konnte kein Lachen fühlen. Nun schielten sie mich alle an, ein älterer Mann spuckte aus, aber das galt wohl nicht mir, denn ich wußte, daß er unter Asthma litt, keiner grüßte, keiner fragte mich nach Weg und Ziel, sie liefen durch die Anlagen wie Puppen, und darauf angesprochen, hätte ich geschworen, daß sie keine Gesichter haben.
Ich lief hinunter zum Steg, am Wasser mußten Menschen sein, am Wasser waren all die Tage immer Menschen. Ein älterer Mann saß auf einer Bank, er stand auf, als er mich kommen sah, ich ging auf ihn zu, ich wußte, daß er aus Teltow kam. Der ältere Mann wollte weg, ich hielt ihn zurück, ich fragte: Können Sie mir vielleicht sagen, wo ich Herrn Peuckert finde?
Peuckert? Nein, kann ich Ihnen nicht sagen, den kenne ich überhaupt nicht. Er riß sich los, er ging, schnell, ich sah ihm nach. Der Mann ging so gebeugt, als trage er etwas Schweres. Vor dem Hoteleingang blieb er stehen, er drehte sich langsam um, dann ging er ins Hotel.
Wie Puppen sind sie alle, dachte ich. Meine Mutter hatte mir einmal gesagt, ich müsse mich in den Arm zwicken, wenn mir etwas komisch oder unnatürlich vorkommt. Ich zwickte mich. Ich war da, aber

komisch war es trotzdem.
Ich blieb lange auf dem Steg stehen, ich lehnte mich auf das Geländer und spuckte immer wieder in das Wasser, und ich beobachtete die Kreise, die meine Spucke auslöste; waren die kleinen Kreise verschwunden, spuckte ich wieder.
Die Sonne stach, aber hinter der Halbinsel wuchs schon wieder eine schwarze Wand, sie wird über den See ziehen, der Regen wird bald da sein. Die beiden Frauen, die mir beim Frühstück gegenüber saßen, hatten unrecht. Natürlich hatten sie unrecht.
Dann schlurfte ich zur Anlegestelle, ich sah mir lange die bunten Ansichtskarten an, ich nahm auch ab und zu eine in die Hand, ich betrachtete mein Gesicht in der Scheibe der Souvenirauslage, aber mein Gesicht war, wie es immer ist, ich nahm mir endlich einen Liegestuhl, ich trug ihn dicht ans Geländer, ich legte mich hinein. Das Wasser plätscherte an die Pfähle, vom anderen Ufer kam ein weißes Schiff.
Da stand der Reiseleiter neben mir.
Endlich ein Mensch, dachte ich, keine Puppe. Ich wünschte einen guten Morgen und fragte nach Peuckert.
Der Reiseleiter sah über den See. Auf dem See steuerten Segelboote in die Bucht zur Halbinsel. Der Reiseleiter sagte: Peuckert ist tot.
Hinter dem steilen Ufer der Halbinsel tauchte ein zweites weißes Boot auf, es hatte Kurs auf das gegenüberliegende Ufer.
Hoffentlich hat er einen schönen Tod gehabt, sagte ich und lachte.
Der Reiseleiter ging über den Steg an das Ufer, langsam, schleppend, ich sah ihm nach, es war mir, als knicke er dauernd in den Knien ein, ich hatte ihn noch nie so gesehen, vielleicht hatte er gestern zu viel getrunken und führt nun seinen Kater spazieren, aber es war etwas im Gehabe des Mannes, das mich erschreckte. Ich stand auf und lief hinter ihm her, vielleicht war ihm schlecht, vielleicht brauchte er Hilfe. Am Ufer stand ich wieder dem älteren Mann aus Teltow gegenüber, der gesagt hatte, er kenne Peuckert nicht. Nun griff der ältere Mann nach mir, so wie ich vor einer halben Stunde nach ihm gegriffen, ihn zurückgehalten hatte. Er ließ mich nicht vorbei, er drückte meinen Arm so fest, daß ich leise aufschrie. Ich riß mich los und sagte: Sie sind wohl . . .
Er aber sagte: Er ist tot. Seine Stimme zischte. Der ältere Mann war mir unheimlich geworden. Wieder sagte er: Er ist tot.
Wer ist tot? fragte ich.
Peuckert, sagte er.

Erst wollte ich wieder fragen, ob er einen schönen Tod gehabt hat, aber die Augen des Mannes waren plötzlich grün. Eine gräßliche Farbe.
Er ist heute nacht von einem Lastwagen gefallen, als der Lastwagen in einen Graben fuhr. Auf das Pflaster ist er gefallen.
Die Augen des Mannes waren immer noch grün.
Der Lastwagen ist hinter Sobron in einen Graben gefahren, der Lastwagen ist umgekippt, Peuckert hat es rausgeschleudert, Peuckert saß nicht im Führerhaus, er saß hinten auf, er ist auf das Pflaster gestürzt, kopfüber.
Über den Kiesweg vor den gelben Bänken kam die Frau des älteren Mannes, dessen grüne Augen dunkel wurden, auch die Frau blieb vor mir stehen, auch sie sah mich an, aber sie blinzelte nur, sie sah über das Wasser, als sie sagte: Wenn Sie nicht gewesen wären, dann wäre er nicht vom Lastwagen gefallen.
Hinter Sobron war es, sagte der Mann. Sobron ist ganz nah an der österreichischen Grenze.
Dann gingen die beiden. Sie gaben acht, daß ihre Kleider nicht die meinen streiften. Ich hielt mich am Geländer fest, ich fror, die dunkle Wand hinter der Halbinsel stand nun über der Halbinsel. Ich stand lange so, ich wartete darauf, daß etwas Furchtbares passiert. Aber es passierte nichts, nur das weiße Boot, das ich vorhin gesehen hatte, manövrierte an die Anlegestelle. Ich hörte Stimmen vom Schiff.
Dann setzte ich mich auf eine Bank am Ufer, das Wasser schlug Wellen an die Böschung, und das Wasser war grün. Auf dem See gab es keine Segelboote mehr. Ich hörte, wie der Eisensteg vom Schiff auf die Holzplanken fiel, dann hörte ich die Schritte vieler Menschen, die vom Schiff über den Steg zum Ufer liefen. Ich stand auf, ich wollte die Leute nicht sehen. Ich stolperte mehr als ich lief zum Hotel zurück, und an der ersten der drei Buden, die Souvenirs verkauften, traten zwei Männer vor mich hin – auch sie hatten mich all die Tage freundlich gegrüßt – sie versperrten mir den Weg, sie sahen nicht bösartig aus, ihre Gesichter glichen nur Masken, wie die der Puppen-Menschen von heute vormittag in den Anlagen. Einer sagte: Wenn Sie nicht gewesen wären, dann wäre er noch am Leben.
Dann waren die Masken fort, und ich war wieder allein, und ich hielt mich an einem Fahnenmast fest, mir war speiübel.
Vielleicht war das alles hier gar nicht wahr, vielleicht träumte ich, vielleicht lag ich noch im Bett, vielleicht saß ich irgendwo beim Skat, und auch, daß ich mich zwickte, war nicht wahr.

Ich dachte: Ein Mann kann doch nicht einfach nicht mehr sein, er kann doch nicht einfach auf einen Lastwagen springen und herabfallen wie eine nicht befestigte Kiste, ein Mann kann doch nicht einfach auf einem Lastwagen nach Sobron fahren, wo er nichts zu suchen hat, hinter Sobron kopfüber auf das Pflaster stürzen. Ein Mann kann doch nicht einfach sagen, daß er alles hinter sich lassen werde, und dann auch noch versuchen, es zu verwirklichen, nein, man kann das nicht. Ich setzte mich auf eine Bank, dem Hoteleingang gegenüber.

Es war Mittagszeit geworden, die Leute gingen in das Hotel, die Leute sahen mich nicht an, sie grüßten mich nicht, keiner nickte mir zu.

So unbegreiflich mir das alles war, Peuckert, der auf einen Lastwagen sprang und kopfüber auf das Pflaster kippte, die feindlichen Menschen um mich, die sich wie Puppen gaben – es stimmte mich nicht traurig; ich wurde wütend, wütend auf eine Umwelt, die mich bezichtigte, etwas getan zu haben, das ich gar nicht getan hatte. Nein, dieser Peuckert war in Berlin in den Bus gestiegen mit der Absicht, nicht mehr nach Berlin zurückzukehren, und dafür sollte ich verantwortlich sein.

Ich werde abreisen, ich werde mir so etwas nicht nachsagen lassen, ich werde irgendwo hinfahren, wo es keine Peuckerts gibt und keine Reiseleiter und keine Menschen, die sich wie Puppen gaben. Es hatte zu regnen begonnen.

Der Sommer dieses Jahr war also doch eine Hure. Peuckert hatte recht.

Broschur

zeitgenössische Literatur und Originalgraphik
in bibliophil ausgestatteter, preiswerter Ausgabe

Die Reihe Broschur ist eine gebündelte Ladung aller Verlagstugenden der Eremiten, sie empfiehlt sich allen literarischen Gourmets, Liebhabern bibliophiler Druckereikunst wie den Freunden moderner Buchgraphik. Westdeutscher Rundfunk

Autoren: Bienek, Chotjewitz, Domin, von der Grün, Grasshoff, Heckmann, Kaléko, Kaschnitz, Jägersberg, Jandl, Mayröcker, Meckel, Reinig, Rexhausen, Seuren, Walser, Wohmann u. a.
Graphiker: Attersee, Bayrle, Brüning, Endrikat, Fussmann, Grieshaber, Grimm, Hertenstein, Jäger, Meckel, Piatti, Richter, Schultze, Wolfram, Zeiszner u. a.

Kostenlose Informationen über weitere Publikationen (Eremiten-Kalender, Graphik-Bände u. a.) erhalten Sie auf Anforderung vom

Verlag Eremiten-Presse

4000 Düsseldorf 1, Postfach 170029

rororo NEUE DEUTSCHE PROSA

Ulrich Becher
Männer machen Fehler.
12 Kurzgeschichten [1283]
– Das Profil. Roman [1612]
– Murmeljagd. Roman [1783]
– William's Ex-Casino [1909]

Wolfgang Borchert
Draußen vor der Tür und ausgewählte Erzählungen. Nachwort: Heinrich Böll [170]
– Die traurigen Geranien und andere Geschichten aus dem Nachlaß. Hg. und Vorwort: Peter Rühmkorf [975]

Friedrich Dürrenmatt
Der Richter und sein Henker. Roman [150]
– Der Verdacht. Roman [448]

Gisela Elsner
Das Berührungsverbot [1796]

Hubert Fichte
Interviews aus dem Palais d'Amour etc. [1560]
– Detlevs Imitationen «Grünspan» [1668]

Günter Grass
Aus dem Tagebuch einer Schnecke [1751]

Max von der Grün
Irrlicht und Feuer. Roman [916]
– Am Tresen gehn die Lichter aus. Erzählungen [1742]

Peter Handke
Die Hornissen. Roman [1098]

Rolf Hochhuth
Der Stellvertreter. Ein christliches Trauerspiel. Vorwort: Erwin Piscator. Erweiterte Taschenbuchausgabe: Mit einer Variante zum fünften Akt und einem Essay von Walter Muschg [997]
– Soldaten. Nekrolog auf Genf. Tragödie [1323]
– Krieg und Klassenkrieg. Studien. Vorwort: Fritz J. Raddatz [1455]
– Guerillas. Tragödie in 5 Akten [1588]
– Die Hebamme. Komödie [1670]
– Die Berliner Antigone. Kleine Prosa und Lyrik [1842]

Siegfried Lenz
Die Augenbinde. Parabel /
Nicht alle Förster sind froh. Ein Dialog [1284]

Hans Erich Nossack
Spätestens im November. Roman [1082]

Gregor von Rezzori
Maghrebinische Geschichten. Mit Zeichnungen des Autors [259]
– Oedipus siegt bei Stalingrad. Ein Kolportageroman. Nachwort: Nicolaus Sombart [563]
– Neue maghrebinische Geschichten. 1001 Jahr Maghrebinien [1475]

Martin Walser
Ehen in Philippsburg. Roman [557]

Peter Weiss
Die Ermittlung. Oratorium in 11 Gesängen [1192]

Oswald Wiener
Die Verbesserung von Mitteleuropa. Roman [1495]

Gabriele Wohmann
Abschied für länger. Roman [1178]
– Ein unwiderstehlicher Mann. Erzählungen [1906]

34/22

46/15

KURT TUCHOLSKY

AUSGEWÄHLTE BRIEFE 1913–1935
Herausgegeben von Mary Gerold-Tucholsky und Fritz J. Raddatz
572 Seiten · Leinen in Schuber

GESAMMELTE WERKE 1907–1932
Herausgegeben von Mary Gerold-Tucholsky und Fritz J. Raddatz
3 Bände mit über 4100 Seiten. In Leinen und Schuber

AUSGEWÄHLTE WERKE I und II
Ausgewählt und zusammengestellt von Fritz J. Raddatz
Sonderausgabe «Die Bücher der Neunzehn» Band 128 · 1040 S. · Geb.

DEUTSCHLAND, DEUTSCHLAND ÜBER ALLES
Neuausgabe. Ein Bilderbuch von Kurt Tucholsky und vielen Fotografen. Mit Anmerkungen von Fritz J. Raddatz. Bildanordnung von John Heartfield. 240 S. mit 180 Abb. Brosch.

BRIEFE AN EINE KATHOLIKIN 1929–1931
Vorwort: Marierose Fuchs · 90 S. mit 1 Tafel u. 1 Faksimile · Kart.

SCHLOSS GRIPSHOLM
Eine Sommergeschichte · Illustrationen: Wilhelm M. Busch · 240 S. · Geb.

WENN DIE IGEL IN DER ABENDSTUNDE
Gedichte, Lieder und Chansons · 200 Seiten · Geb.

Als rororo-Taschenbücher erschienen:

SCHLOSS GRIPSHOLM
Eine Sommergeschichte · rororo Band 4

ZWISCHEN GESTERN UND MORGEN
Eine Auswahl · rororo Band 50

PANTER, TIGER & CO.
Eine Auswahl · rororo Band 131

RHEINSBERG
Ein Bilderbuch für Verliebte und anderes · rororo Band 261

EIN PYRENÄENBUCH
Bericht einer Reise · rororo Band 474

POLITISCHE BRIEFE
Zusammengestellt von Fritz J. Raddatz · rororo Band 1183

POLITISCHE JUSTIZ
Vorwort: Franz Josef Degenhardt. Zusammengestellt:
Martin Swarzenski · rororo Band 1336

POLITISCHE TEXTE
Herausgegeben von Fritz J. Raddatz · rororo Band 1444

LITERATURKRITIK
Hg. und eingeleitet von Fritz J. Raddatz · rororo Band 1539

SCHNIPSEL
Aphorismen. rororo Band 1669

ROWOHLT VERLAG

143/23